우리는 사랑의 얼굴을 가졌고

우리는 사랑의 얼굴을 가졌고

그림으로 사랑을 말하고,
사랑의 그림을 읽다

김수정 지음

김환기, 빈센트 반 고흐, 마르크 샤갈, 앙리 마르탱…
미술계 거장들의 그림으로 사랑을 만나다

포르체

일러두기

1. 인명과 지명 등의 외래어 표기는 국립국어원의 표기 규정을 따르되, 국내에서 통용되는 일부 고유명사는 이를 우선으로 적용했습니다.
2. 각 작품의 정보는 화가명, 작품명, 기법, 크기, 제작연도, 소장처의 순으로 정리했습니다.
3. 퍼블릭 도메인 저작물의 경우 저작물 자유 이용 허락 표시(CCL)에 근거해 사용했습니다.
4. 이 서적 내에 사용된 일부 작품은 SACK를 통해 ADAGP와 저작권 계약을 맺은 것입니다. 저작권법에 의하여 한국 내에서 보호를 받는 저작물이므로 무단 전재 및 복제를 금합니다.
5. 저작권자를 찾지 못한 일부 작품에 대해서는 추후 저작권자가 확인되는 대로 절차에 따라 계약을 맺고 저작권료를 지불하겠습니다.

차례

1장 사랑하는 얼굴

사랑의 얼굴이 보고 싶어서

"백마 탄 기사나 기다리는 줄 알았더니 보기와 다르네!"

모교에서 정년 퇴임하신 교수님 한 분이 경악하신 적이 있습니다. 그분이 기대하셨던 저의 모습은 상냥하고 고분고분한 '여자애'였기 때문이죠. 그 어린애가 '자아自我'를 드러내는 순간 놀라시는 건 당연했습니다. 물론 참하고 부드럽고 순응적인 모습도 저의 일면입니다. 하지만 누구나 그러하듯이 저 역시 아주 복잡하고 또 모순적인 인간입니다. 예리하고 강건한 자아 역시 저에게서 숨길 수 없는 모습이었고요. 그러나 이 때문에 저는 볼이 붉은 젊은 사랑의 영역에서 늘 성공보다는 실패를 맛봐야만 했습니다. (아, 정정해야겠습니다. 사랑이 아니라 로맨스의 영역에서요.)

가진 것이라고는 성실과 재능뿐이라고 믿었던 시절, 이 자아는 자긍심의 성벽과 같았습니다. 똑똑한 여자는 사랑받지 못한다는 이야기를 의연하게 외면해야 했고, 너는 똑똑하지만 지혜롭지 못하다는 힐난을 비웃어 넘겨야 했습니다. 그런 너는 사랑받을 수 없다는 저주에 상처 입지 않는 척했습니다. 내가 사랑을 한다면 흔한 세속의 사랑과 달라야 한다고, 더욱 가치 있어야 한다고 믿어야 연약한 껍질을 보호할 수 있었습니다. 이 얼마나 어리석습니까. 사실 대단한 사랑은 없습니다. 왕후장상王侯將相의 사랑이 시정잡배市井雜輩의 사랑보다 나을 것은 무엔가요. 모두가 사랑 앞에서는 공평합니다.

이 사랑 앞에서 주로 실패하고 주로 홀로 있어야만 했던 시간 덕분德分에 저는 사랑의 얼굴을 오래 관찰할 수 있었습니다. 사랑이 어떤 표정을 짓고 어떤 설렘과 기쁨, 두려움과 고통을 느끼는지 찬찬히 살펴볼 수 있었습니다. 이 과정은 때로 환희이기도 했지만 대체로 시련이었기에 저는 그 과정에서 점점 투명해졌고, 깊은 곳에서는 잘 보이지 않던 진실에 다가갈 수 있었습니다.

사랑, 특히 로맨스에 대한 열망은 보편적 무의식 안에 깔려 있는 것일까요. 사랑을 만나지 못했을 때, 사랑을 만났을 때, 사랑을 잃었을 때, 사랑이 사라졌을 때 우리는 한결같이 먹먹합니다. 분홍 기쁨의 꽃잎이 흩날리는 가운데서도, 짙은 심연으로 가라앉는 와중에도 똑같습니다. 사랑 때문에 표면으로 올라온 이 먹먹함을 걷어 내고 나면 너무나 맑게, 우리의 내면이 보입니다. 부끄러운 속옷 같아서 꼭꼭 가려 놓았던 그런 것 말이죠. 사랑에 걸어둔 나의 저주를, 지난 사랑에서 망한 이유를 걷어내고 다음 사랑에서는 좀 잘해 보고 싶어서요.

우리가 이토록 '사랑의 얼굴'을 보고 싶어 하는 이유를, 뜨거운 혹은 따뜻한 사랑의 가능성이 지나고 진득한 사랑의 가능성을 바라는 이제야 알 듯합니다. 우리의 간곡함은 담백한 맑은 안색으로 상대를 마주 보고픈 열망 때문이 아닐까요.

이 사랑의 책을 꿰매면서 수많은 사랑의 이야기를 보고 듣고 껍질을 벗겨 사랑의 알맹이들을 확인했습니다. 인간과 끌림, 공격과 애착을 말하는 책, 연애의 기술을 말하는 책도 읽었습니다. 사랑의 여러 면면을 말하는 책을 내어놓고 싶었습니다. 그러나 저는 어쩔 수 없이 저란 사람이더군요. 제가 읽은 것도 이해한 것도 아닌, 제가 살아온 것을 내놓을 수밖에 없었습니다. 이 작은 책은 제 삶의 벌거벗은 얼굴입니다. 부끄러움으로 고개를 숙인 채 저만의 좁고 편협한 《우리는 사랑의 얼굴을 가졌고》를 겸손하게 내놓습니다.

얽히고설킨, 모순덩어리인 사람은 서로를 온전히 이해할 수 없습니다. 그런 두 사람이 사랑이라는 환상 속에서 뒤엉킨 아름다움, 다정함, 고결함, 지혜로움 등을 찾았을 때 두 사람은 이를 매개로 이해에 도전합니다. 이 착각이, 이 불가능한 도전이 저는 아름답다고 생각합니다. 이런 마음이 들게 하는 인연이 기적이라고 생각합니다.

이번 생에서는 그런 인연을 만나지 못할 수도 있습니다. 다음 생을 기약해야 할 수도 있습니다(이생에 인연이 내내 어긋나는 사람은 지난 생에 차고 넘치도록 누린 이라는 이야기도 있지 않습니까그려). 하지만 그리하면 또 어떠합니까? 내가 사랑으로 온전함이 중요한걸요. 기대나 집착, 미련이나 대가 없이 그저 사랑으로 살고 사랑으로 아름답기를 선택한 순전純全한 사람들에게 이 책을 드리고 싶습니다.

2022년 여름에,
김수정

1장

사랑하는 얼굴

당신의 이름을
내게 주세요

"그간 쌓아 온 자기 인생을 버리고
사랑하는 이의 이름으로 자기를 부르는 생을 살아가겠다는 결정은
내가 곧 당신이 되겠다는 의미다.
무엇을 하건 당신을 염두에 두며 살겠다는 결심이다."

김환기, 〈무제〉, 코튼에 유채, 86.5×60.7cm, 1969~1974

수화樹話 김환기金煥基, 1913~1974의 그림은 눈물방울 같고 넓은 바다 같고 영원한 하늘 같다. 김환기가 1969년에서 1973년까지 그린 〈무제〉는 그의 시그니처 컬러인 청남색이 아니라 청록색을 주조로 사용한 전면 점화로 그 색채의 청명함이 눈을 시원하게 한다. 김환기의 아내 김향안은 에세이집 《월하의 마음》에 1978년 10월 18일, 이 그림을 전시한 프랑스 파리 국제아트페어FIAC에서의 이야기를 기록했다.

김환기는 4년 전 디스크 수술 후 낙상사고로 세상을 등졌다. 그가 죽은 후 아내는 남편의 그림을 붙들고 살았다. 아내는 미국 뉴욕 소재 포인텍스터갤러리와 아트페어를 준비했다. 가장 훌륭한 그림을 내놓아야 했다. 남편의 걸작들을 고르고 골라 전시장에 걸었지만 아내의 마음은 흡족하지 않았다. 이 자리에서 가장 빛나야 할 남편이 없었기 때문이었다. 화면에 피를 쏟듯 한 점 한 점을 쏟은 그 사람의 마음을 헤아린다. 뜨거운 가슴과 냉정한 머리로 달려간 그녀는 그림 한 장의 뒷면에 재빨리 글씨를 써넣는다. 'Not for Sale(이 작품은 팔지 않습니다)' 반듯이 돌려놓은 그림은 청록이 선연했다. 생명력 넘치는 눈 시린 초록이 시선을 잡아끌었다. 세계의 미술인들은 눈을 떼지 못했으나 누구도 그림을 살 수 없었다. "김환기, 가슴 시리도록 애틋한 내 남편이 사망 직전까지 무려 4년간 진액을 쏟듯이 그린 그림이다." 아내는 이를 쉬이 누구의 손에 넘길 수 없었다. 남편의 손길을, 그의 심정을, 그의 고뇌를 조금이라도 오래 붙들고 싶었다. 그렇게 이 그림을 간절히 품었다.

사실 나는 김환기보다 그의 동반자 김향안金鄕岸. 1916~2004을 더욱 사랑한다. '내가 설마 결혼을' 하게 된다면 김환기와 김향안처럼 살고 싶다. 미술 역사에서 김환기 같은 미술 거장은 가끔 등장한다. 그러나 김향안 같은 예술 경영인은 우리 미술계에 전무후무하다. 남편의 예술을 온전히 이해하고 지원하며, 그 가치를 제대로 인정받도록 알리고 싶어 못 견뎌하는 아내. 이런 사람은 2022년인 지금도 영 찾을 수 없다.

김향안의 본명은 변동림. 한국 근현대 미술의 거장 구본웅의 의붓 이모로 경기여자고등학교를 졸업하고 이화여자대학교 영문과에 진학해 문학을 공부했으며, 글쓰기에 재능을 보였다. 신여성 중의 신여성이었던 그녀를 흠모하는 문학청년들은 수도 없었고, 천재 시인 이상도 그중 하나였다. 경영하던 다방을 폐업하고 함께 살던 기녀가 도망갈 정도로 무능력한 데다 스캔들 메이커, 나이도 많고 폐병도 있는 남자였지만 그 중심에는 그림과 문학이 있었다. '이상李箱'이란 이름은 절친한 화가 구본웅이 선물한 오얏나무 화구 상자에서 따온 것일 정도다. 이상은 "우리 같이 죽을까, 어디 먼 데 갈까."라는 말로 넌지시 동림에게 청혼했고, 두 사람은 신방을 꾸려 '도스토예프스키의 집'이라 이름 붙였다. 그러나 단꿈은 잠시, 신혼 넉 달 만에 이상은 결핵을 고치겠다며 일본으로 떠났지만, 곧 병이 악화되어 사망했다.

어린 나이에 남편을 보낸 변동림은 꿋꿋하게 일어선다. 그런 그녀에게 다가온 인연이 키가 훌쩍 큰 무명 화가 김환기. 그는 훌륭한 인품을 지닌 인물이었다. 아버지가 돌아가시고 모든 재산을 물려받자 집안에 속한 소작인을 불러 빚 문서를 나눠 주었다. 전처와 이혼하며 충분한 돈을 챙겨 주었고, 자유로이 재혼할 수 있도록 딸들을 자원해 맡았다. 창씨개명을 하지 않은 딸들이 학교에서 퇴학당할지언정 타협은 하지 않았다. 그는 좁은 섬을 갑갑해하며 무단가출해 일본으로 유학할 정도로 넓은 세상을 소망했고 문학과 예술에 목말라했다. 그런 김환기가 변동림을 알아보는 것은 필연이지 않았을까. 변동림의 집에서는 난리가 났다. 아무리 재혼이어도 딸 셋을 둔 화가에게는 보낼 수 없다는 것이다. 머리채를 붙들리고 다리몽둥이를 분지른다며 한 소리를 들은 변동림은 미련 없이 집을 나와 그에게로 간다. 그리고 본인의 '성과 이름을 가는' 제안을 한다. 김환기의 이름을 자기 것으로 하겠다는 각오다.

> "내게 향안(김환기의 첫 아호)이라는 이름을 줘요. 그러면 변동림이 아니라 김향안이 되어 평생 환기 씨를 위해 살게요."

"당신의 이름을 내게 주세요."라니, 나는 이처럼 아름다운 프러포즈는 없다고 믿는다. 인간의 세상에서 입을 열고 누군가를 부르는 일은 결코 사라지지 않는다. 이름은 그 사람이 어디 놓여 있는지 사회적, 심리적 위치를 결정한다. 그간 쌓아

온 자기 인생을 버리고 사랑하는 이의 이름으로 생을 살아가 겠다는 결정은 내가 곧 당신이 되겠다는 의미다. 무엇을 하건 당신을 염두에 두며 살겠다는 결심이다.

향안 김환기는 수화 김환기와 김향안이 되었다. 두 사람 의 보금자리는 '수향산방樹郷山房'이라는 이름을 얻었다. 나무와 대화樹話하는 남자는 시골 기슭郷岸 같은 여자에 기대어 하루 종 일 따뜻했다. 185cm가 훌쩍 넘는 남자는 작디작은 여자에게 내내 어리광을 부렸다. 때로는 진지하게 때로는 장난스럽게 웃고 떠들며 하루를 보냈다. 남자는 여자에게 자신의 그림이 어떠한지 묻곤 했다. 여자는 당장 미술사 강의를 들으러 나갔 고, 화랑을 돌며 전시회를 보고 또 보았다. 남자와 여자가 함 께 사랑하는 예술에 초점을 맞추었다. 두 사람에게 예술과 생 활은 하나였다. 예술적 감수성, 그것이 이 부부의 끊임없는 화 제였고 나아가 소통의 원천이었다.

김향안은 약속대로 김환기를 위해 살았다. 그러나 그건 남자를 위해 모조리 자신을 희생하는 여자의 모습이 아닌, 남 자의 예술을 드러내기 위해 자신의 자질을 적극적으로 활용 하는 방식이었다. 곧 김향안의 미술 지식과 안목은 전문가 수

준으로 올라갔다. 문학적 소양을 활용해 김환기 미술의 아름다움을 세간에 소개했으며 미술평론가로 자리매김했다. 자신의 특기인 언어 능력으로 파리와 뉴욕의 예술 세계에 접근했다. 화가의 매니저가 되었고, 나중에는 직접 환기미술관을 세워 예술 CEO가 되었다.

1955년의 어느 날, 김환기가 "도대체 내 예술이 세계 어디 수준에 위치해 있는 건지 알 수가 있어야지. 그걸 모르니까 너무 답답해."라고 탄식하자 김향안은 즉답했다. "그럼 나가 봐요." 다음 날, 김향안은 프랑스 영사관으로 달려가 비자를 받고 먼저 떠났다. 그녀는 조선 전통미를 재해석한 김환기의 백자 그림이 파리에서 통할 것이라 확신했다. 서울신문에 〈파리기행〉을 연재해 여비에 보태기로 했다. 어학원에서 불어를 공부하고 파리 소르본 대학교에서 미술사를 공부했다. 틈만 나면 화랑을 돌아다니며 눈에 띄는 도록이 있으면 김환기에게 보냈다. 1년 만에 파리에 김환기의 아틀리에를 준비하고 개인전을 열어줄 화랑을 찾아냈으며, 나중에는 1년간 체재비를 지원할 후원자를 찾아낼 정도로 이리 뛰고 저리 뛰었다. 김환기 미술의 가치를 가장 잘 아는 사람이 김향안이었기에 하나도 힘들지 않았다. 그는 그녀에게 사랑이었고, 이해였으며, 또한

긍지였다.

아내는 남편보다 30년을 더 살았다. 아내는 남편의 예술론을 끊임없이 정리해 발표했으며, 세상에 돌아다니는 작품 안내의 오류를 찾아내 수정했다. 남편의 대형 그림에 맞는 높은 천장의 미술관을 부암동에 건립했을 뿐 아니라 작품을 정리하고 도록과 책을 펴냈다. 그녀 자신도 서양화가로 데뷔했다. 일반 사회에 예술 의식을 높이기 위해 꾸준히 노력했다. 처음부터 끝까지 김향안의 인생은 '남편의 예술'로 일관성이 있었다. 이 파트너십을 만드는 데 가장 중요한 역할을 한 것은 예술적 감수성을 기반으로 한 끝없는 대화와 소통이었다고, 나는 믿는다.

"사랑은 지성이다", "함께 성장해야 함부로 시들지 않는다"는 김향안 여사의 말이 내내 잊히지 않는다. 대개 사람들은 자기보다 총명한 배우자를 달가워하지 않는다. 사랑하는 사이에서도 갑을관계가 생기기 마련이다. 손바닥만 한 가정 내에서도 권력을 휘두르려고 작정하고 이내 한 사람은 시들어 간다. 아니, 먼저 시들어가고 그다음 한 사람이 시들어간다. 두 사람 모두 노랗게 시들어 바닥에 고꾸라진다. 사랑으로 지성에 물을 주지 않은 채 힘으로 사랑을 옭아매고, 함께 성장하려하지 않으니 당연한 일이다. 지성으로 사랑에 물을 주며 상대의 성장을 기뻐하는 사람이 있다는 건 그야말로 이상理想적이다. 이상은 다다르라고 있는 것이며, 누군가는 이미 그 이상에 가까이 다녀갔다. 그 옛날 춘원 이광수가 의학을 공부하는 아내 허영숙의 동경 유학비용을 대느라 갖은 고생을 다 하며 사랑의 편지를 끝없이 보냈다니 믿을 수 있는가. 그 먼 옛날에도 마부 박유산이 양갓집 규수閨秀 김점동을 위해 미국 유학을 따라갔다는 것을, 고된 노동의 뒷바라지로 한국 최초의 여자 의사를 만든 이야기를 믿을 수가 있는가? 여자 역시 남편의 성姓을 따라 자신의 이름을 기꺼이 박에스더Esther Park로 바꾼 이야기를. 이런 이야기가 세상 변두리에 꼭꼭 숨어 사는 내 것이 되지 말라는 법은 없다. 극적으로, 정말 그런 기회가 온다면, 정말 그럴 수 있다면 인간은 사랑을 결코 배반할 수 없으리라.

혹시 신이 큰 은총을 내려 기회를 준다면 언젠가는, 나도 그리 한번 말해 보고 싶다. "당신의 이름을 내게 주세요." 두고보라 진실로 나는, 당신을 위해 김향안 못지않게 살아볼 테니.

2

분홍의
그림 덕분에

"내 사랑하는 분홍의 시와 분홍의 그림과 분홍의 공기는
하루치의 설렘 이상을 선물하고, 나는 하루 더 가난하지 않다."

조르주 피카드, 〈만개한 나무 아래에서의 로맨스〉, 패널에 유채, 39.5×29cm, 개인 소장

사랑이 그리울 때는 경필^{勁筆}로 애정시를 옮겨 적는다. 은 쟁반에 옥구슬 담듯 찬란한 소리와 은은한 달빛 같은 잔잔한 능력이 일어나기를 바란다. 오늘도 어김없이, 짧은 필사를 하면 분홍의 감수성이 차오른다.

마음에 들지 않는 글씨를 쓴 종이를 몇 번씩이나 버리고 새 종이를 가져와 고운 글씨로 정성을 들여 필사하게 되는 글이 있다. 강인호 시인의 〈봄 안부〉가 내게는 그런 시다. 봄날을 '분홍과 연두의 시절'이라고 명명하는 나의 취향을 '픽!'하고 저격하는 시라서. 봄이 떠나는 길이면 어김없이 〈봄 안부〉의 마지막 구절을 외우며 봄날의 분홍을 생각한다.

잘 지내 주어요 더 이상 내가 그대 안의

분홍빛 아니어도 그대의 봄 아름답기를

_강인호, 〈봄 안부〉,《울보풀꽃》, 대한문학, 2009

색채에는 희로애락이 있다. 그중에서도 분홍이 주는 기쁨
은 조금 특별하다. 분홍만큼은 무언가를 기대해도 되는 색이
자 두려움을 가장 배제한 색이 아닌가.

프랑스 화가 조르주 피카드Georges Picard, 1857~1946는 콕 집어
'봄 안부' 같은 그림, 〈만개한 나무 아래에서의 로맨스〉를 남겨
주었다. 꽃이 흐드러지는 가지 아래의 두 사람은 정말 함께 있
는 것일까. 아이러니하게도 두 사람의 간절한 포옹에서 더 절
절한 외로움이 배어 나온다. 그들은 정말 꼭 끌어안고 있는 것
일까. 왠지 아닌 것 같다. 만개해 쏟아져 내리는 꽃잎 때문이
다. 아름다움은 '분위기'로 인간에게 스민다. 아름다움과 슬픔
은 같은 화학식의 구조를 가졌는지도 모른다. 아름다움이 젖
으면 슬픔은 더 깊이 스민다. 분홍이 봄을 못 이겨 터질수록
슬픔이 쏟아져 내린다. 〈봄 안부〉에서처럼 "살구꽃 환한 나무
아래" 홀로 생각하는 바로 그가 그리움으로 함께하는 것인지
도 모른다.

파리 태생의 조르주 피카드는 부유한 유대인이었다. 유력한 실업가였던 부친은 화가가 원하는 것이라면 무엇이든 해줄 수 있었다. 1877년, 피카드는 아카데미의 거장 장 레온 제롬에게서 그림을 배웠다. 그는 위대한 스승이었다. 제롬 특유의 희고 매끈거리는 색채는 제자에게 흘러갔다. 〈만개한 나무 아래에서의 로맨스〉는 피카드의 여러 작품 중에서도 생기 넘치는 인상주의적 터치가 돋보이는 작품이다. 화가의 그림에 마음을 빼앗기는 사람들이 늘어났다. 벨 에포크(Belle Époque : 아름다운 시절·19세기 말부터 세계대전까지 프랑스 중심으로 번성한 문화와 예술의 시대를 통칭) 자체라고 해도 과언이 아닌 화가. 아름답고 화려한 것을 좋아하던 피카드는 파리의 중요 건축물에 연달아 장식 그림을 그렸다. 꽃, 아이, 요정 등은 화가의 단골 주제였다. 유화와 파스텔화는 동화나 전설의 세계를 표현하기에 안성맞춤이었다. 환상적인 주제 선택과 더불어 피카드 특유의 감각적인 색채, 생명력 넘치는 형태감은 사람들의 마음을 사로잡았다.

임경선 작가는 "어떤 여자들은 나이가 들어서도 평생 현역으로 연애 감정을 느끼며 살아야 할 운명"이라고 말한다. 작가는 자신을 지칭해 쓴 글이지만 나 같은 사람도 그 문장에 숟가락을 슬쩍 얹고 싶다. 사랑은 환상이지만 환상이라도 주워 먹어야 할 때가 있는 법이니까. 그래서 예술가들은 사랑을 쓰고, 그리고, 빚고, 새겨 세상에 남긴다. 가슴이 뜨거운 예술가는 대가를 원하지 않는다. 딱히 세상에 드러내려고 노력하지도 않는다. 그저 존재하는 게 예술이다. 가끔은 잊힌 듯 보이다가도 때때로 폭발하듯 나타난다. 그래서 자칫 흐릿해졌다가 사라지고야 말 사랑의 그림자에 예술가는 목숨을 건다. 예술가는 사라져도 예술은 남으므로, 자기가 존재했다는 흔적을 남기기 위해서다. 피카드 역시 사랑의 흔적에 매달렸다. 흐드러지는 분홍에 붓끝을 매었다.

사랑의 신비는 파워로도 나타난다. 어떤 이의 존재 그 자체만으로, 살아갈 의욕과 생명이 넘친다. 항상 힘이 나서 주체할 줄 모른다. 그때의 생명력을 잊지 못해 우리는 외로움에 사무쳐 힘겨워하고, 그때의 뜨거움을 잊지 못해 우리는 로맨틱 코미디와 멜로 드라마를 보며 쓸쓸함을 달래고, 그때의 비상함을 잊지 못해 우리는 사랑의 경구를 읽고 외우며 힘을 충전한다. 사랑하는 이의 눈빛이 없을지라도 그의 눈을 마주 보는 셈치고 한 번 더 일어서고, 사랑하는 이의 음성이 없을지라도 그의 목소리를 듣는 것처럼 한 번 더 용기를 낸다.

사랑하기 위해 꼭 유일한 대상이 존재할 필요는 없다. 사람만 사랑의 대상이 되는 것은 아니다. 하늘을, 별을, 바람을, 음악을, 시를 열렬히 사랑하게 되는 사람도 존재한다. 사랑하는 사람이 없다고 죽지는 않는다. 오히려 사랑하는 사람이 없을 때 담담하게 잘 사는 사람이 되어야 한다. 매일 생존 신고 같은 메시지를 주고받지 않는다고, 매달 줄줄이 개봉하는 영화를 함께 보지 않는다고, 주말마다 누군가와 교외로 드라이브하지 않는다고 해서 나는 외롭거나 비참하지 않다. 그러나 만약 누군가와 마주 볼 수 있다면, 맞닿을 수 있다면, 하루라도 불성실하지 않았던 그가 살아온 인생의 풍부함에 경탄할 수 있다면, 내가 살아온 생의 부유함을 기꺼이 나눠줄 수 있으리라. 내가 사랑하여 일생 모아둔 모든 분홍을 그에게 알려 줄 수 있으리라. 그러니 무엇인가를 사랑하는 마음만큼은 언제나 필요하다. 누군가와 연애 관계를 맺고 있지 않더라도 만물에서 심장을 충전하면서 살아갈 수 있는 사람이 분명 있기 때문이다.

민감한 촉각은 재산이다. 이렇게 촉수가 민감한 인간 종족을 HSP^{The Highly Sensitive Person}라고 한다. 미국의 심리학자 일레인 N. 아론 박사의 저서 《타인보다 더 민감한 사람》을 통해 널리 알려진 개념이다. 우리나라에는 크리스텔 프티콜랭의 《나는 생각이 너무 많아》를 통해 알려진 '감각 과민^{hyperesthesie}' 인간, '정신적 과잉 활동^{Surefficience mentale}' 인간 쪽이 더 친근한 용어일 것이다. 지나친 감각의 인간은 순식간에 오감에 들이닥치는 정보를 받아들이고, 그 때문에 쉬이 지치고 아프지만 그만큼 쉬이 기쁨을 번다. 넓고 깊게 음악에 스미고 그림을 읽을 수 있는 감수성의 덕을 보고 배고프지 않게 산다.

물질의 재산은 많지 않지만 '하늘의 선물'인 민감함 덕에 나는 늘 괜찮은 수입을 올리고 나의 가난은 그 순간 희미하게 사라진다. 시궁창을 걸어도 내 감각만큼은 향기로 배불러야 한다, 어디에 서 있어도 그곳은 내 인생이므로. 이 귀한 감수성의 촉수가 마르지 않으려면 언제나 설렘이 있어야 한다. 끝내 손에 잡을 수 없는 환상이라 해도 설렘은 사랑의 핵심 에너지다. 좌절이 거듭된다 해도 환상은 거듭 아름다워진다. 내 사랑하는 분홍의 시와 분홍의 그림과 분홍의 공기는 하루치의 설렘 이상을 선물하고, 나는 하루 더 가난하지 않다.

사랑은
디테일에

"감히 나는 단언한다.
"사랑은 영원하다"는 성경의 말에는 부연 설명이 필요하다고.
영원한 사랑은 시간의 끝까지 가는 사랑이 아니다.
영원한 사랑은 마지막 디테일까지 충성을 다하여,
끝맺음을 하는 사랑이다."

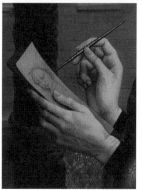

로히어르 판 데르 베이던, 〈성모의 초상을 그리는 성 누가〉,
패널에 유채, 137.5×110.8cm, 1435~40, 윌리엄 A. 쿨리지 갤러리
〈성모의 초상을 그리는 성 누가 디테일(Copy after Rogier Van der Weyden)〉,
c.1491-1510, 벨기에 그뢰닝게 미술관

언젠가의 겨울이었던가, 함께 베토벤 7번 교향곡을 들으러 간 지인이 두른 에르메스 스카프의 고상하고 선명한 패턴에 시선이 가 닿은 순간, 내 목을 감싸고 있는 스카프의 나염이 얼마나 조악한지 처음 실감하게 되었다. (나, 뭔가 초라하다.)

어른의 삶을 살다 보면 럭셔리의 광채에 기가 눌릴 때가 종종 있다. 누군가가 입고 있는 트위드 투피스, 그녀가 살포시 쥐고 있는 각진 가죽 가방에 그의 부유함을 읽고 싶지 않아도 읽게 되고, 약간은 위축된 상태에서 그녀의 다른 디테일을 힐끗 살펴보게 된다. 어디 더 아름다운 소품을 더 볼 수 있나 싶어서. 머리부터 발끝까지 상대가 모으고 갖춘 럭셔리의 아름다움을 눈요기하며 부러움과 자족, 그리고 욕망 사이를 오간다. 고백하건대 분명, 욕망 쪽의 힘이 훨씬 더 셀 것이다. 고가의 럭셔리는 아무나 가질 수 없으니. 가끔 유명인이 들고나온 럭셔리가 (매의 눈을 가진 네티즌을 통해) 가짜라는 것이 알려져 구설수에 오르는 것을 보면, 인간이라면 누구라도 마찬가지구나 싶다. 그러한 이유로 이 '잘 빠진' 디자인을 고스란히 복제한 가짜의 시장이 어찌나 무시무시한지. 값비싼데다 희소하여 쉽게 가질 수 없으니 더 쉬운 방법으로 갖고 싶은 것이다.

오랜 시간과 정성을 들여 만들어온 것, 거기에 명성이라는 관을 쓴다. 최하 몇십 년의 시간이 있어야 명품이 된다. 시행착오를 딛고 일어나는 시간이 명품을 만든다. 명품은 시간을 극복하기를 원한다. 그 이름이 영원하기를 원하는 것이다.

진짜와 가짜를 구별하는 방법은 어떤 식으로든 넘쳐난다. 포털사이트에 검색어 몇 개만 치면 좌르륵 나오는 명품에 대한 콘텐츠. 명품에 관련된 책 역시 꾸준한 수요를 지니고 있다. 그만큼 둘은 한눈에 구별하기 어렵다. 구별할 수 있는 방법은 딱 하나, '디테일'을 보는 것이다. 가방 안쪽의 박음질이라든가, 지퍼 끝부분의 맺음새, 바느질 마지막 실 마무리, 가느다란 장식 음각의 선명함 등이 진짜와 가짜의 정체성을 가로지른다. 가짜는 하루아침에 명품의 겉과 속을 베껴 만들어 낸다. 그럴듯하지만 그 안에 디테일은 없다. 명품이라면 단 한 구석 빼놓은 곳 없이 디테일은 충실하게 마무리된다.

'명품'이란 단어는 물건에만 붙는 것이 아니다. 사람과 인생에도 그 단어가 붙는다. 중하고 귀한 수식어다. 여기 명품 같은 그림 한 장이 있다. 이 그림을 '명품'이라 소개하는 이유는, 명품의 가장 적절한 미덕을 갖추고 있기 때문이다. 로히어르 판 데르 베이던Rogier van der Weyden, 1399~1464의 〈성모의 초상을 그리는 성 누가〉는 그야말로 디테일이 충만한 작품이다.

성 누가가 아름다운 성모와 아기 그리스도 앞에 앉았다. 성모 마리아는 성스러운 공간을 의미하는 캐노피 아래 있다. 캐노피 아래에는 천이 드리워 그녀가 천국의 가장 높은 여성임을 상징한다. 그러한 하늘의 성모가 이 땅에 내려왔다. 하늘의 흔적을 거두고 인간 앞에 섰다. 후광은 사라지고 인간의 정성을 다하여 인간의 몸으로 아이를 먹인다. 수유하는 성모는 세상의 모든 평화를 두른 듯 고요하다. 마리아가 앉은 의자의 팔 부분에 '인류의 타락' 조각이 보인다. 예수를 그릴 때면 자연스럽게 따라오는 상징이다. 저 멀리에는 강을 바라보는 두 명의 남녀가 있다. 성모 마리아의 친부인 요아킴과 친모인 안 나다.

그간 마리아와 예수를 돌봐 온 의사 누가는 새로이 가치 있는 일을 시작한다. 누가는 무릎조차 편히 꿇지 못하고 성모 를 향한다. 지그시 바라보지만 두려움을 감추지 못한다. 섬세 한 손끝은 가늘게 떨리며 성스러운 얼굴을 그림으로 옮긴다. 그림에는 성모의 내리깐 눈과 온화한 미소가 고스란히 담겼 다. 누가가 가졌던 글쓰기의 섬세함이 사랑스러운 그림을 그 리는 데에도 고스란히 전이된 것이다.

13세기 화가 길드의 수호성인은 성 누가였다. 화가 누가 의 뒤편으로 방 하나가 보인다. 분명 누가가 쓴 복음서일 것이 다. 누가가 써온 그리스도의 기록이 가득하다. 그 아래로는 누 가를 상징하는 신비의 동물, 황소의 머리가 보인다. 믿음을 따 르던 전도자 누가는 귀기울여 들어온 좋은 소식^{복음. 福音}을 기 술한다. 누가복음은 그리스도의 네 복음서 중 가장 나중에 쓰 인 작품으로 '세상에서 가장 아름다운 책'이라는 수식어를 지 닐 정도로 섬세하게 서술되었다. 이렇게 예민한 서술은 꼼꼼 한 누가만이 할 수 있다고 학자들은 여긴다. 다른 복음서에는 없으나 오직 누가복음서에만 등장하는 대표적인 에피소드가 성모 마리아가 수태를 고지받고 부른 마리아의 노래 및 세례 요한의 탄생 이야기다. 특히 성모의 이야기를 그녀 입장에서 다양한 사건과 수식어로 표현한 것이 누가서의 아름다움이다. 누가는 충분히 이 그림의 주인공이 될 자격이 있다. 물론 성모와 그리스도의 탄생 시기에 누가는 태어나지도 않았을 것이 분명하다. 그러나 성罷은 공간과 시간을 뛰어넘는 법. 일설에 의하면 마리아는 여러 번 성 누가를 환영하였고, 이때 누가는 화폭을 열어 성모를 그렸다고 한다. 로히어르 판 데르 베이던이 강조한 화가로서의 누가는 분명 그 자신을 은유하는 인물이었을 것이다(실제 성 누가의 얼굴은 로히어르 판 데르 베이던의 자화상이라는 이야기가 전해진다).

플랑드르의 거장, 15세기 북유럽 르네상스의 대표자인 로히어르 판 데르 베이던은 이 그림을 그릴 즈음 브뤼셀에서 활동했다. 당시 유럽 문화의 중심이었던 곳에서 화가는 자신의 존재감을 마음껏 뽐낼 수 있었다. 로히어르는 종교 아래 모든 조형을 복종하던 고딕 양식을 거부하지 않으면서도 인간의 생명력을 부드럽게 표현한다. 화가의 정밀함은 사실을 부각시키고, 화가의 뜨거움은 그림 가운데 은근한 감정을 가득히 담는다. 화가가 그린 인간은 부드러운 곡선으로 과장되지 않고, 몸을 감싼 옷자락은 절도 있게 구겨져 관람자의 시선을 잡아끈다. 화면에 숨겨 놓은 아름다운 것들을 화가는 관람자가 모두 보고 느끼고 받아들이기를 원한 것이 아니었을까.

사랑은 디테일에 숨어 있다. 로히어르 판 데르 베이던도 성 누가도 디테일에 힘썼다. 이 종이 구석구석에는 그들이 가졌던 사랑이 고스란히 담겨 있다. 그리스도에 대한 경이, 성모에 대한 존경, 그 마음은 그저 사랑이다. 애정 없이는 끝까지 무엇인가를 마무리 지을 수 없다.

그러니 감히 나는 단언한다. "사랑은 영원하다"는 성경의 말에는 부연 설명이 필요하다고. 영원한 사랑은 시간의 끝까지 가는 사랑이 아니다. 영원한 사랑은 마지막 디테일까지 충성을 다하여, 끝맺음을 하는 사랑이다.

4

로맨스는
휴업일지라도

"홀로 강인한 그대여, 항상 로맨틱을 잃지 말아요.
로맨스가 휴업이라고 로맨틱마저 휴일은 아니랍니다."

마르크 샤갈, 〈연인들〉, 캔버스에 유채, 117.3×90.5cm, 1928, 개인 소장

사랑은 본능이다. 이 세상에서 가장 인기 있는 예술의 주제는 사랑이 아닐까. 사람들이 얼마나 사랑을 갈망하는지는 세상 가득한 영화, 드라마만 봐도 쉽사리 알 수 있다. 지금 사랑하든 그렇지 않든 간에 사람들의 사랑과 연애에 대한 관심사는 크고 민감하다. 유튜브를 보라, 끊임없이 '떡상'하는 콘텐츠들도 (먹방과) 연애에 관한 것이 아닌가. 사실 나도 예전에 미팅했던 출판사 한 곳에서 "가능하면 연애 이야기를 많이 써주세요. 사람들은 사랑 얘기를 좋아해요."라는 요청을 받은 적도 있다. 물론 경험이 지나치게 부족하여 요청에 부응할 수가 없었음이 함정이지만. 사랑은 진정 어려운 주제다. 감수성이 넘치고 로맨틱해 보이는 '작가님'이면서 연애 자원이 가장 부족하다니 좀 우습기는 하다. 어쩌다가 이렇게 되었는지 모르 겠지만 그렇게 되어버렸다.

로맨스는 휴업한 지 꽤 되었지만, 로맨스를 어떻게 지울 수 있겠는가. 사랑의 시와 사랑의 서사가 얼마나 놀라운지, 마 르크 샤갈Marc Chagall, 1887~1985의 그림을 바라본다. 그의 불꽃이 타오르는 그림만으로 로맨틱은 충전된다.

〈연인들〉을 바라보라. 먼저 남자의 표정이 모든 것을 말 한다. 그에게서 날이 선 것이라곤 한 군데도 찾아볼 수 없다. 눈을 치켜뜰 힘도 잃은 듯 빠져든 아득함, 붉은 옷을 입은 여 자 역시 은근히 웃으며 순간의 달콤함에 기뻐한다. 두 사람은 그저 이 순간의 리듬과 공기에 모든 것을 맡기고 있다. 사랑하 는 이들은 서로에게 깊이 빠져들어 생명을 충전하고, 하늘 높 이 솟구쳐 오르며, 함께 무언가를 이룬다. 화면 가운데 향기와 꽃, 이파리와 연인들이 뒤섞여 사랑의 세계가 펼쳐진다. 저 멀 리 신비한 보랏빛이 피어오르고 더 멀리 하얀 눈빛이 멀어진 다. 여자의 치마 아래로 또 다른 세상이 열린다. 둥근 보름달 과 달빛을 받아 노리끼리한 구름, 짙은 어둠에 보이는 흰빛은 눈이 오는 밤하늘 같다. 이 그림에서 사랑 이외에 그 어떤 것을 찾아낼 수 있을까. 사랑 말고는 아무것도 존재하지 않는 세상에 둘만이 꼭 붙어 있다.

마르크 샤갈은 미술사의 A급 사랑꾼이라고 해도 과언이 아니다. 로댕이나 피카소가 새로운 사랑을 찾는 사랑꾼이라면 마르크 샤갈은 사랑을 키우는 사랑꾼이었다. 그의 그림에 사랑이 넘쳐흐르지 않는다면 그것은 분명 샤갈의 그림이 아니라 그의 그림 스타일을 짜깁기한 모방작일 것이다. 샤갈은 사랑을 위해 살고 사랑을 위해 죽은 화가였으므로.

1909년, 샤갈은 고향 비테프스크에서 일생의 연인 벨라 로젠벨트를 만났다. 본디 두 사람은 신분이나 지위에 있어 이어질 수 없는 관계였다. 빈민 노동자 집안의 샤갈과 유력한 보석상 집안의 벨라는 어울리지 않았다. 게다가 벨라는 샤갈의 여자친구 테아 브라흐만의 친구였다. 그뿐인가, 샤갈은 그림 한 점 안 팔리는 스물두 살 화가인데, 벨라는 열세 살에 벌써 게리에르 여대에서 문학과 철학을 공부한 수재였고, 배우를 지망할 만큼 아름다웠다. 벨라의 부모는 쌍수를 들고 두 사람을 반대했다. 그럼에도 두 사람은 포기하지 않았으며, 그 노력에 결국 시간이 도와주었다. 1915년, 샤갈이 후원자를 얻은

후 유럽에서 화가로 성공하고 나서야 두 사람은 결혼할 수 있었다.

현실을 뛰어넘는 꿈이나 환상, 무의식의 세계를 그려내는 초현실주의의 대표 작가는 살바도르 달리나 막스 에른스트처럼 차가운 이성이나 우연의 효과로 괴이한 느낌까지 드는 이 세계異世界를 만드는 화가들이다. 하지만 나는 초현실주의를 가르칠 때 자칫 아웃사이더 같은 샤갈을 강조한다. 꿈과 사랑, 환상의 세계를 생동감 넘치는 색으로 그린 샤갈의 그림이 사람들에게 편안함을 주고 세상의 행복을 포착하는 감각을 키워 줄 수 있다고 믿기 때문이다.

샤갈의 그림에는 끝없이 사랑하고 사랑받는 연인이 나온다. 〈연인들〉은 샤갈이 기쁨의 결혼 생활을 하던 때 그린 작품이다. 샤갈 부부가 직접 주인공으로 등장하는 그림은 쉽게 알아볼 수 있다. 벨라 특유의 짧고 구불거리는 헤어스타일 때문이다. 뾰족한 코에 곱슬머리가 독특한 남자는 샤갈이다.

샤갈의 그림을 볼 때마다 눈을 찾아보게 된다. 90년대에 청춘을 보냈다면 '샤갈의 눈 내리는 마을'을 기억하지 못하는 이가 있을까. 중·고등학교, 대학 때까지 살았던 서현동에서 가장 로맨틱했던 카페, 가끔 들르던 강남역 어딘가에서 가장 우아했던 경양식 카페. 한번은 버스를 잘못 타 내렸던 문정동에서도 반가웠던 그 간판. 그곳이 샤갈의 눈 내리는 마을이었다. 실제 샤갈은 '눈 내리는 마을'이란 제목의 그림을 그린 적이 없지만, 김춘수의 시 〈샤갈의 마을에 내리는 눈〉을 빌려 붙인 이름이라고 흔히 알려져 있다. 그러나 나는 박상우의 동명 단편소설에 더 확신이 선다. 마음에 눈이 내릴 정도로 외로운 남자와 여자 이야기다. 이 시간에 술을 마실 만한 곳이 있냐고 묻는 남자에게 여자는 샤갈의 마을로 가면 된다고 말한다. 여자가 데려간 장소는 자신의 화실, 샤갈의 그림이 여러 점 걸린 춥고 허름한 방이었다. 여자는 술을 마시며 이야기한다. "누가 그에게 전화를 걸어 줄 수 없나요? 내가 그를 기다린다고… 샤갈의 눈 내리는 마을에서 아직도 그를 기다리고 있다고…" 여자의 사랑은 이제 없지만 그녀는 혼자서도 최선을 다해 로맨틱했다.

마르크 샤갈이 엄청난 열정으로 그림을 그리며 판화를 제작하고 스테인드글라스를 만들 수 있었던 것은 그에게 늘 사랑이 존재했기 때문이라고 믿는다(샤갈은 1952년, 65세의 나이로 딸 이다가 소개한 발렌타인 바바 브로드스키와 재혼했다). 어떤 이의 존재 그 자체만으로, 우리는 살아갈 의욕과 생명이 넘친다. 확실히 '로맨틱'은 에너지다. 누가 이걸 부정할 수 있을까. 사랑이 시작할 때의 실제 화학작용만은 못하지만 인공 호르몬 알약처럼 '로맨틱'은 그 효과를 살짝 재현한다.

그러니 홀로 강인한 그대여, 항상 로맨틱을 잃지 말아요. 로맨스가 휴업이라고 로맨틱마저 휴일은 아니랍니다.

5

어쩌면
Love Maker

"얼굴이 닮았다고 인연이 아니다.
가슴이 달라붙어야 인연이다."

오시프 브라즈, 〈두 인형〉, 캔버스에 유채, 50×61cm, 1933, 개인 소장

무척 좋아했던 사람에게 이런 말을 한 적이 있다. "우리는 같은 브랜드에서 나온 PC처럼 닮았는데, 하필 운용하는 소프트웨어가 다른 것 같아요." 살아온 궤적도, 삶의 우선순위도, 데일리 타임라인도, 일을 처리하는 속도도, 인간관계의 바운더리나, 음악과 책 취향도 너무나 비슷한데, 아날로그와 디지털 시스템처럼 우리는 극과 극으로 달랐다. 사고형과 감정형의 차이는 극복하려면 극복할 수 있는 차이일 것 같았던 나와 달리, 관계를 조율하는 데 쓸 에너지를 감당할 수 없었던 그 사람은 곧 차가운 길을 결정했다. 자칫 닮아 보였지만 맑은 거울처럼 같은 중심은 가지고 있지 못했던 것. 얼굴이 닮았다고 인연이 아니다. 가슴이 달라붙어야 인연이다.

유물론자들은 기겁할 소리지만 나는, 사람은 인연대로 이어진다는 걸 믿지 않을 수 없다. 일단 철커덕, 인연이 붙들려 맺어지고 나면 월하노인月下老人이 매어둔 붉은 실이 서로 닿는 길로 서서히 흘러 들어온 바람과 물, 별빛과 노래가 있었음을 확인할 기회가 자연스레 주어지기 때문이다.

나이가 지긋한 한 남자가 인형 가게 '리버마커*'를 찾는다. 남자는 장인과 친밀한 사이지만 아직 한 번도 인형을 산 적이 없다. 드디어 조카의 생일 선물로 인형을 사러 온 남자는 기뻐하며 인형을 둘러보다가 자신의 마음을 빼앗은 인형 하나를 사 간다. 그러나 훌쩍 커버린 조카에게 인형은 환영받지 못한다. 속상한 남자는 홀대받는 인형을 견디지 못하고 자기 집으로 데려와 소중히 여긴다. 늘 앉는 테이블 맞은편에 인형을 앉히고 함께 식사하며 이야기를 건넨다. "네가 진짜 사람이라면…"이라고 가정하며 인형에게 어울리는 직업도 생각해 보고, 어울리는 이름도 붙여 준다.

남자는 인형과 함께 생활할수록 묘한 다정함과 끌림을 느

* 독일어 '리버마커'는 영어로 '메이커 오브 러브', '사랑을 만드는 사람'이라는 의미

낀다. '그녀'와 진짜 사랑을 하고 싶어진다. '내가 미친 게 아닐까? 무슨 피그말리온도 아니고…. 아니지, 이 인형은 내가 만든 게 아니지 않는가. 인형에게 사랑을 느끼다니 내가 외로워서 미치고야 만 거야.' 점점 커져 가는 마음을 견디다 못한 남자는 장인을 찾아가 인형에게 모델이 있는지를 묻는다. "모든 인형에는 모델이 있다"는 장인의 대답에 놀라고, 그 인형의 모델이 자신이 지어 준 것과 똑같은 이름과 직업을 갖고 있음에 다시 한번 놀란다. 그리고 용기를 내어 그 여자를 찾아간다. 마흔은 진작 넘은 이 남자, 너무 오랜만에 두렵다. "제발 나를 비웃지 말아 줘요." 그 이름의 인형을 안고서 떨리는 마음으로 초인종을 누른다.

이 신비한 이야기는 스티븐 스필버그가 제작한 TV 드라마 〈어메이징 스토리〉의 'Doll' 에피소드다. 국민학생 때 만화월간지 〈르네상스〉에서 원수연 작가가 각색한 《보이지 않는 인사》라는 순정만화로 이 이야기를 처음 만났고, 가슴 깊은 곳에 오래 간직해 두고 때때로 꺼내 보곤 했다. 러시안 아티스트 오시프 브라즈Osip Braz, 1873~1936의 그림, 〈두 인형〉을 발견했을 때도 어김없이 그랬다.

젊은 날 큰 명성을 누리고 소비에트 연합의 총애를 받던 오시프 브라즈는 생의 후반부에 이르러 간첩 혐의로 체포되어 수용소에 투옥되었고, 가진 것을 모두 빼앗겼다. 석방 이후 유럽으로 가 프랑스에 간신히 정착한 후 생의 말년에 가까워 그린 그림 중 하나가 바로 이것이다. 부와 명예를 다 누리고, 고통과 슬픔, 절망도 다 통과한 그가 그 모든 것을 뒤로하고 바라본 것은 무엇이었을까? 이 소박한 시선이 어찌나 겸손하고 또한 애틋한지.

이 소박하고 차분한 그림을 물끄러미 바라보면서 느끼는 것은, 우리의 인연도 처음의 가장 처음에는 같은 장인의 공방에서 저렇게 같은 자리에 있었을 것이라는 점이다. 마치 조물주처럼, '리버마커' 장인은 같은 손길로 같은 재료를 들여 이목구비, 오장육부를 만들고, 같은 천을 자르고 같은 실로 꿰매 만든 옷과 신발을 신겨 세상에 내보냈을 것.

"우리는 우리의 리듬을 이해하는 사람을 만나기 위해 전 생애를 낭비한다." (하재연, 〈4월 이야기〉, 《세계의 모든 해변처럼》, 문학과지성사, 2012)는 시인의 말이 가슴에 들어박히는 건 왜인가. 우리는 처음과 달리 내내 함께하지 못하고 부는 바람 따

라, 별빛에 홀려, 물가를 짚으며, 노래의 흔적을 밟으며, 우리
는 서로 멀리 떠났다가, 부는 바람 따라, 별빛에 홀려, 물가를
짚으며, 노래의 흔적을 밟으며, 마침내 만나야 하는 장소에서
닮은 얼굴을 마주 볼 수 있을 때까지 부는 바람 따라, 별빛에
홀려, 물가를 짚으며, 노래의 흔적을 밟으며, 그저 끊임없이
유랑할 수밖에 없을 거라는 이야기다.

인연법에 도통한 송宋나라의 어떤 이는 "有緣千里來相
會 無緣對面不相逢(유연천리래상회 무연대면불상봉, 인연이 있으
면 천 리를 떨어져 있어도 다가와 만나고, 인연이 아니면 얼굴을 마주
보고도 만나지 못한다)"이라고 말한다. 너무나도 자연스럽게, 내
중심에 와 닿지 못하면 인연이 아닌 것을, 생사가 정한 시간에
쫓길 수밖에 없는 우리는 조급한 마음에 다른 색깔의 실을 급
하게 맞추고 엮어 이 진실을 자꾸 외면하려고 한다.

아참, 이 〈어메이징 스토리〉의 결말은 다음과 같다.

여자의 집 문이 열린다. 인형의 얼굴과 꼭 닮은 여자는 그
를 원래부터 아는 사람인 것처럼 반갑게 맞이하고 집으로 초

대한다. 환하게 웃으며 자신이 갖고 있는 인형을 보여 준다. 아주 오래 전 바로 그 인형 장인에게서 구입한, 그 남자의 이름을 가지고 그 남자의 얼굴을 가진 인형을 말이다.

6

흔적을 붙들다,
사랑

"사랑을 남겨 놓으려고 기를 쓰는 몸짓이 사랑이다. 곧 사라질 그림자라도
몇 번을 따라 그리며 그 사람을 선명하게 돋우려는 정성.
그것이 사랑의 깊이고 사랑의 수명이다."

조제프 브누아 쉬베, 〈회화의 기원〉, 캔버스에 유채, 267×131.5cm, 1791, 그뢰닝게 미술관

새파란 스무 살의 가을, 한 여성이 실기실을 나서는 나를 붙잡고는 혹시 서양화과 학생이냐고 물었다. 그녀는 '그렇다'는 내 대답에 반색하더니 그림을 잘 그리는 사람을 찾아 여기까지 왔다며 사진 한 장을 내밀었다. 언덕 높은 걸로 참 유명한 이 학교는 '비 오는 날 정문에 들어가면 후문까지 비 한 방울 맞지 않고 나온다'는 이야기가 있을 정도로 비좁고 샛길이 많아 복잡하다. 거기에 전국에서 학과가 제일 많다는 미대는 그 언덕의 꼭대기 건물 뒤에 하나둘 겹겹이 숨어 있다. 매해 새내기 오리엔테이션마다 '길을 잃지 않고 우리 실기실 찾아가는 법'을 안내할 정도로 복도가 난잡하다. 이 여성은 그 험난한 여정을 지나 구석진 서양화과 실기실까지 찾아온 것이었다.

여자가 내민 사진은 선명한 형상이 아니었다. 아날로그 필름 중에서도 자동카메라로 찍은 평면적인 사진이었다. 게다가 플래시가 터져 눈에서 붉은 불이 나는 상태였으며 그마저도 흔들려 윤곽이 번진 상태였다. 물론 그 상태로 실루엣만 뿌옇게 잡을 수는 있겠지만 그건 그녀가 여기까지 찾아오며 기대한 퀄리티가 아닐 터, 내 얕은 실력과 뾰족한 양심으로는 도저히 그 제안을 수용할 수 없었다. 결국 그녀에게 거절을 표했지만 그 순간 여자의 절박함을 읽었다. 흐릿한 사진 속 그 남자는 분명 여자가 깊이 사랑하는 사람이었다.

사랑하는 사람을 복제하기 위해 그림이 시작되었다. 그리스 문화의 발상지인 코린트 시키온에는 오래된 이야기가 전해 내려온다. 기원전 600년경, 아름다운 여인 디부타데스는 한 청년과 사랑에 빠졌다. 두 사람은 함께 살기로 약속했지만 이게 무슨 운명의 장난인가, 전쟁이 발발하고 남자는 군대로 끌려가야 했다. 디부타데스는 슬픔에 젖은 채 마지막으로 함께 보낼 저녁을 위해 정성스레 식사를 차렸다. 식사를 마치고 여자는 남자의 손을 잡아끌어 자기 집 벽 앞에 앉혔다. 깊은 밤 어두운 방, 작지만 센 등불 하나를 놓고 비스듬히 그를 기대게 했다. 남자의 옆얼굴이 선명하게 비쳤다.

여자는 숯으로 남자의 실루엣을 따라 그렸다. 이마에서 코로 내려가는 고귀한 선, 인중에서 입술로 떨어지는 의지력의 길, 낮고 부드러운 목소리가 배어 나오는 입술 사이사이의 틈, 단단한 턱선이 여자의 손끝에서 흘렀다. 흔들리는 목선이 쇄골로 이어지고 어깨를, 팔꿈치를, 손목과 손가락을 유려히 이어간다. 남자는 흔적으로 남았다. 이제 그녀는 그를 보낼 수 있는 것이다. 그는 내일 사지死地로 떠나지만, 그가 없어도 이 벽에 기대면 그와 맞닿을 수 있다. 그가 떠나도 이 벽을 바라보면 그의 몸을 떠올릴 수 있다.

이 애틋한 흔적 이야기가 고대로부터 전해 오는 '회화의 기원'이다. 대大 플리니우스는 말한다, "벽에 비친 그림자의 윤곽을 본뜬 것이 그림의 기원"이라고. 그는 《박물지博物誌》에 이 사랑의 이야기를 실었다. 그리고 수많은 화가들이 이 사랑의 흔적을 선명하게 재생했다. 나는 그중에서도 플랑드르 화가인 조제프 브누아 쉬베Joseph-Benoît Suvée, 1743~1807의 작품을 좋아하는데, 두 사람의 그림자가 하나로 이어졌기 때문이다.

어두운 방을 밝히는 강한 램프의 빛, 남자는 여자를 부둥켜안았다. 여자는 남자에게 기대 연인의 얼굴을 그린다. 여자의 흰옷은 그림의 모든 빛을 그러모은 듯 빛나고 남자는 그녀의 그늘 아래 머문다. 여자는 내일 떠나야 하는 그 사람을 숨겨두고 싶었을 것이다. 여자는 벽 쪽으로 얼굴을 길게 뻗었다. 그녀의 목덜미가 빛나고 손끝까지 빛이 흐른다. 남자는 왜 여자가 팔을 뻗었는지 영문을 모른다. 그리스 조각처럼 눈이 깊고 코가 높은 남자의 얼굴은 날카롭다. 정확히 절반으로 빛과 그림자의 영역을 구분한다. 이 빛이 남자의 얼굴 반쪽을 선명하게 그릴 것이다.

쉬베는 이 그림을 1791년 살롱전에 출품한다. 관객은 그림에 매료되었다. 빛과 어둠의 극명한 대비가 만드는 긴장감과 선명한 그림자, 시각적 긴장감을 주는 변각 구도, 어두운 옷을 입은 남자와 흰옷을 입은 여자의 대비 때문이기도 했지만 무엇보다도 강력한 감정 때문이었다. 사랑의 흔적을 남기고픈 여자의 단호함과 이 순간마저도 그녀의 온기를 붙들고픈 남자의 간절함이 절절하게 흐른다.

사랑의 감정을 부르는 도파민은 3년에서 5년 사이에 서

서히 소멸되고, 이후로는 옥시토신이 나와 안정감을 쌓는다고 한다. 그 어떤 열렬한 사랑도 10년을 넘기기 힘들다. 사랑이 아니라 정 때문에 산다고 하는 부부의 이야기는 과학으로도 밝혀진 셈이다. 그러니 사랑이란 제아무리 강력해도 일종의 환상이다. 빛이 사라지면 그림자가 소멸하는 것처럼 당연하다는 것이 못내 서글프다.

작가 찰스 부코스키는 다큐멘터리 〈이따위로 태어나〉에서 사랑의 정의를 말한다.* "사랑은 아침 해가 뜨기 전의 안개와 같은 거요. 잠깐 등장했다가 사라지는 안개." 그리고는 이렇게 덧붙였다. "사랑은 현실이라는 햇살이 비추면 타 버리지. 그래요, 사라집니다." 그래, 분명 정확하다. 정확하긴 하다.

그러나 나는 단언한다. 사랑은 흔적을 붙드는 것이다. 사랑을 남겨 놓으려고 기를 쓰는 몸짓이 사랑이다. 곧 사라질 그림자라도 몇 번을 따라 그리며 그 사람을 선명하게 돋우려고 사력을 다하는 정성. 그것이 사랑의 깊이고 사랑의 수명이다. 그 옛날, 내게 흐릿한 사진을 가져온 여자가 원했던 것은 그저

* https://youtu.be/70avXeLjDgQ

흔적이었다. 선명하지 않은 남자의 흔적을 보다 선명하게 남기고 싶었던 것이었다.

사랑은 맥박으로 다른 사랑을 부른다. 이 소리에 감동하는 사람이 그 사랑에 손을 내민다. 디부타데스의 아버지 부타데스는 도공이었다. 매일 슬피 벽만 보느라 꼼짝 않는 딸을 보고만 있을 수 없던 아버지는 청년의 그림자를 따라 진흙을 붙인 후 떼어 냈고 가마에 구워 딸에게 주었다. 남자의 얼굴을 한 타일을 만든 것이다. 딸은 이 얼굴을 어루만지며 슬픔을 견뎌냈다. 이것을 '조각의 기원'이라고 부른다.

새삼 스무 살의 내가 아쉬워진다. 부족하면 부족한 대로 해 볼 것을, 뿌연 목탄이나 연필로 그려 준다고 제안할 수도 있었을 텐데. 그녀가 바랐던 것은 실낱같은 도움이었을 테니. 흐릿한 사진이 조금 아름다워진 걸로도 그녀는 충분했을지 모른다. 부디 그때 그 사람이 오래 슬프지 않았기를, 누군가의 도움 없이도 그의 마음을 얻어 오래 붙들었기를 바란다.

7

평생
내 나름의 방식으로
당신을 사랑하고 싶어요

"살아서 견뎌야 했던 사랑의 고통을 기억한다.
죽어서야 함께할 수 있었던 애틋한 사랑들을."

아리 쉐퍼, 〈단테와 베르길리우스에게 나타난 파올로와 프란체스카의 유령〉,
캔버스에 유채, 171×239cm, 1855, 루브르 박물관

‘이루지 못할 사랑’은 왜 이렇게 절절한 걸까. 아픔이 있기 때문이다. ‘이루지 못할 사랑’은 왜 이렇게 아름다운 걸까. 비밀이 숨어 있기 때문이다. ‘이루지 못할 사랑’에 왜 우리는 마음을 빼앗기는 걸까. 그 사랑을 적어도 한순간씩은 경험한 적이 있기 때문이다. 그리고 특별한 누군가는 그 사랑을 일생 감추고 살기도 한다. 이 사랑을 말할 수라도 있으면 행운이겠노라 아파하면서.

2019년 칸 영화제 각본상과 퀴어종려상을 수상한 〈타오르는 여인의 초상〉이 그런 이야기다. 때는 18세기 말, 젊은 화가 마리안느는 엘로이즈의 초상화를 의뢰받고 작은 섬으로 초대받는다. 당시에는 여자의 초상화를 정혼자에게 보내 선을 보는 시대였기 때문이다. 양가집 규수는 남자의 얼굴을 보지도 못한 채 결혼해야 했다. 여자 화가는 한 사람의 장인으로 인정받기 너무나 어려웠던 시대, 그림을 완성해도 통상 아버지의 이름으로 발표해야 했던 시대, 여자 화가에게 주문이라는 게 희귀했던 시대. 마리안느는 귀한 의뢰를 어떻게든 성공하여 화가로서 자립할 기반을 마련하고 싶었다. 선보기용 초상화가 싫어 도망치는 엘로이즈 때문에 마리안느는 산책 친구인 척하며 그녀를 섬세하게 관찰하고 기억에 담아 그림을 그린다.

바라봄은 사랑의 행위다. 초상화를 그리는 것은 더욱 구체적인 사랑의 행위다. 모델을 서는 것은 시선의 교환을 전제로 한다. 시선을 교환하면 사랑하지 않을 수 없다. 엘로이즈는 모델을 서면서 본인 역시 마리안느를 관찰해 왔음을 알려 주고, 두 사람은 서로의 마음으로 한 걸음 한 걸음 다가서게 된다. 예술가와 뮤즈의 권력관계가 인간 대 인간으로 변화되는 과정이다. 그리고 드디어, 사랑이 피어오른다.

인습이라는 세상의 벽과 예정된 결혼이라는 시간의 벽 안에서 두 사람은 타오르는 사랑을 남기고 이별한다. 고작 엿새

동안이었다. 비발디의 '여름' 3악장에 추억을, 선물로 건넨 책 28페이지 안에 숨은 비밀을 남기고 마리안느와 엘로이즈는 돌아선다. 두 사람의 머리가 희끗희끗해질 만큼 오랜 시간이 흐른 후, 다시는 마주 보지 못했을지라도 오래전 사랑의 불씨를 소중히 간직하고 살아가는 두 사람. 헤어진 사랑이 시간에 살해당하지 않고 살아남는 일이 어찌 가능한가. 이 어려운 질문을 나는 《매디슨 카운티의 다리》의 대사를 빌려 답하고 싶다.

> "애매함으로 둘러싸인 이 우주에서 이런 확실한 감정은 단 한 번만 오는 거요. 몇 번을 다시 살더라도, 다시는 오지 않을 거요. (In a universe of ambiguity, This kind of certainty comes only once, and never again, no matter how many lifetimes you live.)"
>
> _로버트 제임스 월러, 《매디슨 카운티의 다리》, 공경희 역, 시공사, 2002

《매디슨 카운티의 다리》에서도 순간의 사랑으로 영원을 사는 연인이 나온다. 내셔널 지오그래픽에 실을 사진을 찍기 위해 매디슨 카운티에 온 로버트 킨케이드와 매디슨 카운티에 사는 프란체스카 존슨, 존슨 가족이 일리노이주의 박람회에 참가하러 떠난 나흘간 두 사람은 모든 순간을 사랑으로 새긴다. 삶으로써의 결혼 생활을 먼지처럼 흩뜨려버린 강력한 사랑의 에너지에 프란체스카는 갈등하지만, 로버트를 따라 집을 떠나지 않고 일상으로 돌아간다, 마치 아무 일도 없었던 것처럼. 그러나 생의 마지막에 그녀가 선택한 장소는 로버트와의 추억이 있는 매디슨 카운티의 다리. 살면서는 로버트를 마음에 품고 가족과 함께했으니, 죽어서는 먼지가 되어 로버트와 함께하고 싶다는 그녀의 소망이 부정不淨하다고 그 누가 말할 수 있을까. 죽음의 순간 자기의 재산을 다른 남자의 아내에게 증여한 남자의 사랑이 진실이 아니라고 그 누가 말할 수 있을까.

나흘간의 사랑을 죽음의 순간까지 침묵 속에 묻어둔 남자의 인내와 "하루라도 그를 생각하지 않은 날이 없었다"고 고백하는 여자의 깊디깊은 그리움. 상대방의 과거와 현재, 미래를 최선으로 여기는 배려가 이 이야기에 있었다. 로버트와 프란체스카의 이야기가 영화 속 이야기 같은가, 정말 특별한 사람들의 이야기 같은가. 아니, 누구의 인생에나 비밀이 숨어 있다. 비밀의 영역에 가장 큰 신비가 남아 있다고 나는 믿는다.

몇 년 전 〈매디슨 카운티의 다리〉를 보러 극장을 찾았다. 영화가 처음 개봉했던 1995년과 재개봉한 2017년의 간극, 20년이 넘는 시간 동안 이 사랑은 변하지 않고 자기 자리를 지켰다. 보는 사람들의 시간이 흐르고 인생이 변화했을 뿐이다. 긴 시간을 살아간 관람자는 그때나 지금이나 같은 시각으로 영화를 바라보았을까? 영화가 끝나고 화장실에서 손을 씻는 동안 칸막이 안 중년 여성의 통화가 들렸다.

"엄마 영화 보느라고 전화 못 받았어. 엄마 젊었을 때 봤던 영화인데 재개봉해서 다시 보러 왔어. 근데 엄마 너무 많이 울었다. 응, 너무 많이 울었어. 뭐라고 자세히 내용은 설명 못 하겠는데 그랬어."

그녀가 왜 그렇게 울었을까, '설명할 수 없는' 바로 그 이유로 그랬을 것이다. 그것이 그녀의 비밀일 것이고, 그것이 그녀의 이해일 것이다. 누군가는 악덕을 미화했다고 비난하듯 이는 분명 불륜이고, 이 작품은 '지극하게 아름다운' 불륜 영화다. 그러나 도덕과 윤리로 이들을 평가하기에는 이 사랑이 너무나 고상하고, 두 사람의 존재가 너무나 품위 있다. 나는 바로 이 안타까운 품위 때문에 울음을 터뜨리는 관람자도 있으리라고 믿는다. 바로 내가 그러했듯이.

마리안느와 엘로이즈에게도, 로버트와 프란체스카에게도 두 사람이 함께하지 않았기에 이 사랑이 영원할 수 있었다는 해석은 진부하고 성의 없다. 함께하거나 함께하지 않거나, 헤어지거나 헤어지지 않거나 그것은 끝까지 사랑이다. 수많은 사랑 중에서도 더욱 확실한 사랑이었기에 끝까지 확실한 감정으로 갈 수 있던 것이다. 그들이 의미를 부여한 책이, 음악이, 그림이, 편지가 소리 없이 확실히 외쳤던 것처럼.

'프란체스카'라는 이름은 자연스레 '파올로'라는 이름을 불러온다. 단테의 장편 서사시 《신곡》 중 제2지옥에 등장하는 연인 파올로와 프란체스카. 13세기 말 말라테스타 가문과 라미니 가문은 정략결혼을 협의하는데, 말라테스타는 라미니를 속이기로 한다. 점잖고 잘생긴 동생 파올로를 지오반니인 척 프란체스카에게로 맞선을 보내 정략결혼은 성사되나, 프란체스카는 결혼한 후에야 신랑이 파올로가 아니라 지오반니인 것을 알게 된다. 파올로는 프란체스카를 속였다는 죄책감과 함께, 지옥 같은 결혼 생활을 하는 프란체스카를 연민하는데, 결국 두 사람은 금지된 관계에 들어서게 된다. 사람들의 눈을 피해 만나던 두 사람이 타오르는 애정을 견디지 못하고 키스하는 순간 지오반니는 분노하여 둘을 죽이고 장례식마저 금지된 불륜의 영혼은 지옥으로 떨어진다.

파올로와 프란체스카를 그린 그림 중 가장 처절한 아름다움을 빛낸다는 아리 쉐퍼Ary Scheffer, 1795~1858의 그림, 〈단테와 베르길리우스에게 나타난 파올로와 프란체스카의 유령〉을 보라, 사랑하는 사람이 죽음 이후에도 떨어지지 못하고 함께하는 아름다움을. 아니, 죽어서야 하나 될 수 있었던 기쁨을. 지옥의 검은 공간을 부유하며 간절히 서로를 부둥켜안고 있는 절박함을. 눈물이 흐르는 고통 가운데에서도 감추지 못하는 함께 있음의 황홀을. 라파이에트 장군의 초상화를 그리면서 알게 된 수많은 정치계 인사들로 인해 권력의 정상에 섰던 쉐퍼에게 부족했던 것은 사랑뿐이었던가, 낭만 드라마의 화가 쉐퍼는 비극의 연인에 천착하여 1835년 이후로 여러 장의 파올로와 프란체스카를 그렸다. 쉐퍼 역시 이 애틋한 연인을 어떻게든 함께하도록 만들고 싶지 않았을까. 본인이 할 수 있는 모든 힘을 다해서. 1850년, 생의 말년에 이르러서야 쉐퍼는 소피 마린을 만나 결혼했다. 결혼 이후 탄생한 걸작이 루브르 박물관이 소장한 앞의 그림이다. 나는 이 그림을 볼 때마다 살아서 견뎌야 했던 사랑의 고통을 기억한다. 죽어서야 함께 할 수 있었던 애틋한 사랑들을.

사랑은 어떻게든 다시 만난다. 죽음 이후에, 재가 되어서라도 꼭 함께해야 할 사람들은 만나게 된다. 누군가는 살아서 재회하지 못한 결말이 슬프다고 하겠지만, 죽어서라도 재회할 수 있으니 사랑한 사람은 충분하다. '순간은 영원이 된다'는 진리를 나는 경험해 믿지만, '무엇도 한결같이'는 육^肉의 세상에서 영원할 수 없다. 한순간의 반짝임이 잔상으로, 한순간에 피어난 꽃이 향기로만 남는다. 그러나 가끔은 이 희미함이 쉬이 사그라들지 않고 영원처럼 사라지지 않아서, 몇 인간은 소망을 품고 또다시 사랑을 열망한다. 결국에는 사랑이 승리하여, 본인이 그 주인공이 되기를 바라면서. '평생 내 나름의 방식으로 당신을 사랑하고 싶어요.' 독백하면서.

8

다정함이라는
재능

"사랑의 시작은 열정이고 사랑의 지속은 인격이며
사랑의 끝은 성실이다.
그러하니… "

앙리 마르탱, 〈봄의 연인, 꽃무늬 틀이 있는 버전〉,
캔버스에 유채, 92×77.2cm, 1902~1905, 개인 소장

몰랐으면 모르되, 한번 알고 나면 이전으로 돌아갈 수 없는 것들이 있다. 앙리 마르탱Henri Jean Guillaum Martin, 1860~1943의 그림도 그렇다. 우리나라에선 그가 잘 알려지지 않은 탓에 그의 작품을 만나기 쉽지 않지만, 이 사랑스러운 그림을 본 눈은 다시 앙리 마르탱의 그림을 찾아 두리번거리게 된다. 〈봄의 연인〉은 세상의 모든 애정이 한 터치 두 터치 쌓여 그림을 이룬 느낌이다. 프랑스 툴루즈 태생인 앙리는 수도 파리에서 그림을 배우다가 이탈리아로 유학하여 다양한 화풍에 몸을 적셨다. 밝고 찬란한 색채는 인상주의에서, 터치가 살아있는 점묘 기법은 신인상주의에서 영향을 받아 자신만의 독특한 색감과 기법을 정립했다. 그림 표면에 터치로 살아있는 점이 치밀하지 않아 은은한 빛이 배어나는 느낌이다. 화가는 실제 무명 화가이던 시절 만난 아내와 한 터치 두 터치 애정을 쌓으며 해로했으니, 그의 삶이 그림으로 드러났다면 비약일까.

사랑이 시작되는 계절, 흐드러지는 봄꽃이 화면을 가득 채우고 흰빛과 분홍빛을 반사한다. 진한 꽃잎이 그림의 프레임을 타고 오르내린다. 멀리 보이는 하늘은 맑고 깨끗하지만 결코 차갑지 않고, 대지에 은은한 빛을 내린다. 그림의 중앙엔 소박한 연인의 표정은 보이지 않으나 왜일까, 아무것도 보이지 않아도 모든 것을 볼 수 있을 것 같다. 여자는 순한 양 한 마리를 가슴에 품고 있고, 남자는 그런 여자에게 손을 내민다. "내가 대신 들어 줄게."라고 말하는 듯 부드럽다. 몸은 언어 위의 언어다. 사람의 몸짓은 분위기를 만들고, 분위기는 그 사람을 증명한다. 너무나도 닮은 두 분위기, 분명 다정한 여자와 다정한 남자다. 그런 성품을 말 못 하는 동물들도 다 아는지 조르르 따른다. 이 다정에 함께 참여하고 싶어서.

사랑의 시작은 전쟁이다. 의도치 않게 찾아온 사랑이 너무 갑작스럽고, 너무 힘이 세서 주춤하게 될 정도로 폭력적이다. 그러나 사랑의 전력戰力은 시간이 지날수록 잦아들고, 결국 우리는 사랑에 승리하거나, 휴전하거나 패한다. 그렇다면 사랑에 승리하는 방법은 무엇인가? 이 승리를 위한 최강의 무기는 다정이다. 내 앞에 선 다정한 사람에게서 사랑을 기대하지 않기가 더 힘들고, 사랑하는데 다정을 참기란 더 고단하다. 다정함은 사랑을 얻고 사랑을 지속하는 특별한 재능이다.

생의 절반을 살아 보니 지식을 얻는 재능도, 부를 쌓는 재주도 사랑을 얻는 능력보다 대단하지 않았다. 알고 보니 사랑은 거창한 게 아니었다. 나만큼 상대를 소중히 여기는 것, 상대의 감정을 살피고 부담스럽지 않은 선에서 내 감정을 솔직히 내어 주는 것, 상대의 감정을 바꾸려 억지를 부리지 않는 것, 그리고 내내 좋은 태도를 꾸준히 유지하는 것. 이제는 사랑이라는 게 참 진득한 것임을 깨닫는다. 오래 느긋한 태도로 쌓고 또 쌓는 밀도어린 평화, 이것이 사랑의 다정함이었다.

세상 많은 연애 고민의 절반은 나와 조율이 불가능한 상대방을, 그중에서도 이기적이거나 뒤틀린 성품을 지닌 상대방을 고르는 데서 기인한다. 사랑의 관계에서 근원적 평화는 인격자인 내가 인격자인 상대방과 조화를 이루는 데서 온다. 내 성품이 아무리 훌륭하다 할지라도 상대가 성격파탄자라면 우리의 평화는 불가능하다. 물론 그 반대도 마찬가지. 속칭 '나쁜 남자', '나쁜 여자'의 까다로움을 신이 내린 카리스마로, 예술적 기질에서 피어나는 매력으로 착각하면 연애는 제대로 망하는 거다. 강하고 담대하게 사랑을 시작하기란 쉽다. 고난의 초입에서 다정하기도 크게 어렵지 않다. 그러나 기약 없는 고난에서 변치 않고 서로에게 온정을 유지하기란 쉬운 일이 아니다. 얄궂게도 성실하게 공부하고, 우직하게 일해 본 사람이 사랑도 잘한다. 바닥부터 일구면서 자신의 커리어를 이 악물고 쌓아 본 사람이 사랑도 잘 지킨다. 심신의 근육 모두 충분히 단련된 사람이 사랑도 꿋꿋하게 이끌고 간다. 마지막까지 강하고 굳센 사람들, 오랜 시간 세상의 험난함에 함께 손잡고 서로를 보호하며 '함께 살겠다'고 진득하게 노력한 사람들만이 얻을 수 있는 평화가 바로 이 그림이 아닐까.

사랑의 시작은 열정이고 사랑의 지속은 인격이며 사랑의 끝은 성실이다. 그러하니 사랑하고 사랑받고 싶다면 무엇보다 나의 성품을 가꾸어야 한다. 교과서 같은 얘기지만 어쩔 수 없다. 내가 먼저 한결같이 다정한 사람이 되지 않으면, 그런 사람을 결코 찾을 수 없다.

9

마음이
얽혀 버리면
끝이다

"다 죽은 식물처럼 말라 버린 마음도 사랑의 기회를 만나면
목청 높여 외친다.(…)나는 살아 있다고, 아직은 사랑할 수 있다고.(…)
기어이 꽃을 피울 것이라고."

프레데릭 윌리엄 버튼, 〈헬레릴과 힐데브란트, 터렛 계단에서의 만남〉,
종이에 수채화와 과슈 물감, 95.5×60.8cm, 1864, 1900년 마거릿 스톡스 기증

모든 화가는 절정絶頂을 화폭에 담는다. 절정의 순간, 절정의 공간, 절정의 시간을 붓질한다. 화가의 손끝과 붓끝에 색채가 머물 때마다 마음도 젖는다. 관람자는 화가가 그린 형상을 보며 그가 꿈꾸었던 몸짓을 상상한다. 어떤 그림에서는 화가가 안타까워했던 슬픔을 깨닫고, 또 어떤 그림에서는 화가가 꿈꾸었던 구원을 얻고, 그가 겪었던 애절함에 가닿는다. 몸이 움직일 때마다 마음이 쏠아진다. 손을 내밀거나 팔짱을 끼거나 와락 끌어안거나 하는… 그런 것 말이다.

'옷깃만 스쳐도 인연'이라는 말은 결코 가볍지 않다. 옷감이 닿았다는 것은 두 사람의 신체적 거리가 가까웠다는 것을 의미한다. '포옹'은 그런 것이다. 가슴이 가닿았던, 아니 마음이 얽혔던 인연임을 부정할 수 없는 몸짓이다. 세상에 그림은 수도 없고 '포옹'에 대한 그림도 수없다. 그러나 그중에서도 특별히 강렬한 그림이 있다. 따뜻해서가 아니라, 위로가 되어서가 아니라, 찌릿찌릿하고 절절해서다.

프레데릭 윌리엄 버튼Frederic William Burton, 1816~1900은 열 살의 나이에 더블린 소사이어티 스쿨에서 미니어처 수채화의 달인이 되었다. 열여섯에는 로열 하이버니언 아카데미에서 전시회를 하면서 화려하게 데뷔했다. 〈헬레릴과 힐데브란트, 터렛 계단에서의 만남〉처럼 곱고 밀도 있는 수채화는 그의 전매특허였다.

덴마크의 헬레릴 공주와 그녀의 호위무사, 힐데브란트의 사랑은 허락받지 못했다. 중세의 높은 돌탑 계단을 오르내리는 두 사람은 간절함으로 옷깃을 스친다. 애절함에 응답하듯 순간이 멎었다. 젊은 기사 힐데브란트는 공주의 동생에게 살해당할 운명이므로, 마지막 만남이 될 것이다. 헬레릴의 일곱 형제는 그에게 달려들었고 칼부림과 살육전이 일어났다. 눈앞에서 가족과 연인을 잃은 공주는 오열한다. 복수는 순환하고 비극은 연이어 오기 마련이다. 살아남은 단 한 명, 헬레릴의 남동생은 그녀를 성으로 끌고 가 가두어 버리고 만다. 더 이상 살 의미를 잃은 그녀는 시든 꽃처럼 스러진다. 이 덴마크 전설은 영국의 법률가이자 시인인 휘틀리 스톡스에 의해 1855년, 시가 되었다. 때는 바야흐로 문학에 집착했던 라파엘 전파가 활동하던 빅토리아 시대, 아름다운 시가 아름다운 그림으로 만들어지기에 딱 맞았다. 존 에버렛 밀레이와 에드워드 번존스와 친밀하던 윌리엄 버튼이 그들과 같은 결의 주제를 선택한 것은 당연했다.

사람의 인생에 절정기가 있듯, 그림의 생에도 절정기가 있다. 이 그림 역시 윌리엄 버튼의 화업 절정기에 탄생한 그림이다. 시인 조지 엘리엇은 그림에 서린 로맨티시즘을 높이 평가했으며, 무엇보다도 여자의 팔에 키스하는 남자의 표정이 성인의 격으로 승화하였다며 그림을 호평했다.

"이 주제는 세상에서 가장 저속했을지도 모른다. 화가는 이를 가장 고상한 감정의 정점에 올렸고, 그림 속의 사랑에 초점을 맞추었다. (the subject might have been made the most vulgar thing in the world - the artist has raised it to the highest pitch of refined emotion and went on to focus on the romance in the picture.)"

시인 휘트니의 누이 마거릿 스톡스는 오랫동안 화가를 사랑했다. 오랜 시간 남자의 주변을 맴돌고 또 맴돌았다. 윌리엄 버튼은 내셔널 갤러리의 관장까지 하면서 화려하고 뜨거운 인생을 이어 나갔지만 사랑에는 냉랭했다. 끝까지 이 여자에게는 마음을 주지 않았다. 1898년, 그를 간절히 원했던 그녀는 그의 그림을 구입하고야 만다. 그녀는 그림을 품고 사랑을 소망했지만 그림에 서린 절연을 극복할 수는 없었다. 루시아 벌린이 말하지 않았던가, "누군가를 그리워할 때 마음이 아픈 까닭은 피와 뼈에 그 고통이 실재하기 때문"이라고. 한 번도 자기 것이 되어주지 않은 남자를 어쩔 수 없이 여자는 사랑했다. 그 남자의 전기傳記를 쓰는 것으로 성난 애정을 다독였다. 미련한 사랑이지만 그녀의 최선이었다.

"아, 사람의 운명이란 게 이렇게 정해지는가 보구나." 아프지만 순수한 사람을, 그 사람을 천형天刑이 아닌 운명이라 받아들이는 단편소설, 이승우의 〈복숭아 향기〉를 읽으며 윌리엄 버튼의 그림을 떠올렸다. 사랑하는 두 사람의 마음과 마음이

제멋대로 흘러 얽힌 모양을. 마음은 저를 부르는 낮은 곳으로 임해 무릎을 꿇었다. 마음이 흘러가는 곳은 내가 애써 모셔야 할 인물이며 장소. "마음이 넝쿨손이 된 듯 저절로" 그쪽으로 뻗어나가는 것을 어찌해야 할까. 이를 누가 제어할 수 있을까. 사랑은 확실히 제멋대로다. 마음은 두뇌의 명령을 따르지 않는다. 게다가 오직 Go만 할 줄 안다. 일단 가면 Back은 없다. 넝쿨손 같은 마음이 얽히면 그 모양을 따라가는 게 사랑의 운명이다. 오은 시인의 말처럼, "마음이 가는 걸, 기울어지는 걸, 와르르 쏟아져버리는 걸 어떻게 하니."(오은,《유에서 유》, 문학과지성사, 2016)

마음이 얽혀 버리면 끝이다. 그걸 아는 사람들은 이 그림을 그냥 스쳐 보낼 수 없다. 그런 그림을 그들이 사랑한다. 〈헬레릴과 힐데브란트, 터렛 계단에서의 만남〉은 2012년의 '아일랜드인이 가장 사랑하는 그림'으로 선정되었다.

사랑에 '이루지 못할'이란 말이 어찌 어울리는가, 사랑은 그저 존재할 뿐이다. 이루거나 이루지 못한다는 전제가 없는 것이 사랑이다. 존재하는 순간 완벽한 게 저 대단한 사랑이다. 마음은 살아 움직인다. 마음이 살아 있는 한 사랑은 정녕 소멸하지 않는다. 사랑의 영역에서 죽음은 없다. 다 죽은 식물처럼 말라 버린 마음도 사랑의 기회를 만나면 목청 높여 외친다. 보라, 간절한 넝쿨손처럼 꿈틀거리는 이 그림이 증언한다. 나는 살아 있다고, 아직은 사랑할 수 있다고. 곧 죽어 스러지더라도, 스쳐 지나가는 이 계단참에서 기어이 꽃을 피울 것이라고.

10

사람이 사랑에
빠지는 순간

"아, 어떻게 이런 사람이 세상에 살아 존재하고 있었다는 사실을
이제야 알았을까…"

알베르트 에델펠트, 〈파리지앵〉, 캔버스에 유채, 73×92cm, 1883, 조엔수 미술관

"사람이 사랑에 빠지는 순간을 난생 처음 보아 버렸다. (人
が愛に落ちる瞬間を初めて見てしまった。)"

일본 만화 《허니와 클로버》 첫 번째 에피소드의 핵심 문
장이다. 천재 미술소녀 하나모토 하구미를 만난 순박한 미대
생 다케모토 유타가, 주변의 다른 사람이 전혀 보이지 않고,
주변의 소리가 전혀 들리지 않은 채, 그녀만 바라보고 있는 모
습을 바라본 마야마 타쿠미의 독백이다.

사실 첫눈에 반한다는 것은 '호르몬의(정확히는 뇌내 신경
전달물질의) 장난'이라고 한다. 쾌감을 증폭시키는 도파민과
심장박동, 혈압을 높이는 노르에피네프린 등이 작용한 결과

다. 본인이 세워둔 이상형에 대한 로망이나, 로맨틱한 장소나 상황에 대한 기대 때문에, 무엇보다 상대의 아름다운 외모에 '홀려' 뇌 안이 화학적으로 교란된다는 것이다. 그러나 이렇게 기계적이고 화학적인 작용이든 그렇지 않든 간에 이 파워는 대단해서, 누군가는 사랑에 미치고 누군가는 목숨을 걸기도 한다. 약혼자가 있는 샤를로테를 사랑한 젊은 베르테르 같은 사람 말이다. 물론 허구의 내용이지만 오히려 허구이기에 그 이야기에 우리는 자신을 정확히 대입한다. 사랑에 푹 빠져버린 베르테르의 눈빛은 과연 어땠을까? 오래 상상하지 않아도 우리는 알 수 있다. 누구나 한 번쯤 경험한 적이 있었을 테니.

알베르트 에델펠트Albert Edelfelt, 1854~1905의 그림 〈파리지앵〉을 본 순간, 사랑에 푹 빠진 여자의 눈빛에 숨이 멎는 줄 알았다. 이 그림은 바로 그 순간이다. 영락없이 바로 그 눈빛이다. 마야마가 보았던 '사람이 사랑에 빠지는 순간' 같은, 바로 그 순간의 공기와 냄새와 소리, 그 사람에게 바로 꽂히는 그 눈빛.

이 그림은 모델의 이름을 빌어 〈비르지니Virginie〉라고도 불린다. 에델펠트가 프랑스 생활을 할 때 만났던 파리 여자의 이름이다. 1880년부터 1883년까지 여러 그림에 등장하는 모델이기도 했다. 두 사람 사이에는 두 명의 아이가 있다는 이야기가 전해질 정도로 사이가 각별했다. 그러나 어머니와 지나치게 끈끈했던 남자는 가족의 반대를 이기지 못하고 여자와 헤어지고 말았다. 핀란드를 대표하는 예술 외교관이자 명예로운 화가였던 알베르트 에델펠트와 모델이었던 비르지니는 어울리는 계급이 아니었던 것.

멍하니 이 그림을 보고 있으면, '아, 어떻게 이런 사람이 세상에 살아 존재하고 있었다는 사실을 이제야 알았을까…' 하는 소리 없는 독백이 귀에 울린다. 사랑이라는 바다에 푹 빠져들어 숨을 못 쉬고 파득거려도 곧 넘어갈 듯한 그 순간이 그저 행복에 겹다. 이 화학 성분에 심장이 다 타들어가도 좋으니, 충만한 신경전달물질이 영원히 사그라들지 않았으면 하는 바로 그 간절함이다.

사랑에 허우적거리고 있다는 걸 언제 실감하게 되냐면, 속고 싶은 마음이 간절할 때다. 저 사람 게으른 거 아는데, 저 사람 까칠한 거 아는데, 저 사람 상황 어려운 거 아는데… 참 이상하지, 논리와 이성이 사라진 건 아닌데 전혀 힘을 발휘하지 못한다. 날 좀 속여 줘! 한 번만 말을 걸면 넘어가 줄 텐데,

딱 한 번만 말을 걸어 주면… .

　　'반한다'는 현상이 학문적으로 전혀 증명되지 않았을 1880년의 한 여자. 그녀의 충만한 행복만큼 나는, 저 촉촉이 젖어 반짝이는 검은 눈을 바라보았을 남자의 행복감이 더욱 부럽다. 백 년이 훌쩍 지나도, 여전히 격한 기쁨이 반짝거릴 만큼의 그런 사랑이다.

11

사랑 없이도
살 수 있나요?

"인간을 죽일 것처럼 괴롭히더라도 결국에는 인간을 살리는 것,
그것이 사랑이다."

파벨 페도토프, 〈젊은 미망인(아이가 태어나기 전)〉,
캔버스에 유채, 63.4×48.3cm, 1851, 트레티야코프 미술관

사람들은 사랑에 빠지기를 너무나 고대한다. 대개 사랑을 행복하고 기쁜 것으로 알고, 사랑의 완성이 어딘가에 존재하는 것처럼 말한다. 그러나 나는 사랑이 어려운 일이라고 생각한다. 인간의 삶 자체가 대체로 어렵고 그 사이사이 기쁜 순간들이 잠깐 존재할 뿐이다. 그리고 그 순간의 힘으로 삶을 지탱해 나간다고 믿는다. 인간의 삶이 어렵고 고된 일이라면 사랑역시 어려운 일이다. 하물며 죽음 같은 이별의 슬픔을 겪는다면 오죽할까.

비판적 리얼리즘의 창시자 중 한 명, '러시아의 호가스'라불리는 탁월한 풍속화가 파벨 페도토프Pavel Fedotov, 1815-1852가

본인이 사망하기 얼마 전 그린 〈젊은 미망인未亡人〉은 사별의
고통을 직접적으로 드러낸다. 이 그림은 화가의 그림 중에서
도 죽음을 주제로 하여 특히 애처로운 작품이다. 러시아 트레
챠코프 미술관 15번 룸에 함께 전시된 같은 제목의 그림 두
장은 아이를 낳기 전과 후의 이미지다. 페미니즘의 관점에서
는 '남편을 따라 죽지 못한 여자'라는 뜻을 가진 이 단어를 맹
렬히 비판하지만, 사랑의 관점으로 나는 '사랑하는 이의 죽음
이라도 따라가고 싶은 사람'이라는 의미에 동의한다. 진실로
사랑하는 이를 잃은 이라면 남성이든 여성이든 '미망인'이라
는 이름표를 자기 왼쪽 가슴에 기꺼이 붙이리라.

　　검은 상복의 여자 하나가 힘없이 콘솔에 기댔다. 여자는
콘솔 위의 사진 하나를 오래오래 물끄러미 바라보았을 것이
다. 여자의 등 뒤, 그녀가 지켜보았던 사진의 주인공은 깊이
사랑했던 반려자일 테다. 촛불을 켜서 그 사람을 기념하고 손
으로 아픔을 꾹 눌러 기도했으리라. 참 이상하다. 여자는 사진
에 등을 돌렸는데도, 여자의 표정은 힘이 없어 희미한데도, 눈
길 끝에는 남자의 얼굴이 어른거리는 것 같다. 여자가 그리워
하는 사람은 이제 만날 수 없다. 그래서 이 사진만이 유일한

사랑의 통로다. '어떡하나, 이 배 속에는 아이가 있는데. 어떡하나, 나 홀로 이 아이를 어떻게 키워야 하나. 그리운 이여, 무어라도 말해주어요.' 여자는 그리움에 매달린다. 그러나 그는 대답하지 않고, 여자는 돌아서 눈물을 참는다. 조금 진정된 가슴을 다독이다 또다시 사진을 바라본다. 그리움은 너무나 아픈 것이지만 이 그리움에 매달려야만 그의 얼굴을 겨우 볼 수 있다. 여자는 이제부터 사랑 없이 살아야 할 것이다.

슬픔도 사랑의 일부고 고통도 사랑의 일부다. 이별과 죽음은 여러 공통점을 가지고 있지만, 그중에서도 가장 직접적인 것은 아픔이다. 죽음에는 결코 되돌릴 수 없는 이별이 있고, 이별에는 죽음과도 같은 고통이 있다. 이별을 겪은 사람은 차라리 죽는 것이 더 나으리라 괴로워한다. 그런 사람에게는 인간의 어떤 위로도 도움이 되지 못한다. 그러나 하나만은 정확하다. 사랑은 대단하고 놀라운 것이지만 사랑의 감정이 인간보다 크지 못하다는 것이다. 사랑 때문에 죽을 것 같지만 사랑의 감정이 사람을 죽이지는 못한다. 그걸 알고 나면 사랑을 더욱 감싸 안게 되고, 사랑은 다시 태어나 훨씬 담담해진다. 나는 이것이야말로 사람의 강인함이며 사랑의 위대함이라고 생각한다. 진실한 사랑은 그 어떤 상황에서도 인간을 파멸로 이끌지 않는다. 인간을 죽일 것처럼 괴롭히더라도 결국에는 인간을 살리는 것, 그것이 사랑이다.

페도토프의 〈미망인〉 그림은 한 장이 아니다. 화가는 같은 제목의 그림을 거듭하여 그렸다. 흡사한 공간과 흡사한 포즈의 같은 여성이 그림 안에 섰다. 다른 것은 단 하나, 부른 배와 꺼진 배뿐이다. 그는 사랑의 흔적을 남기고 갔고, 그녀는 사랑의 흔적을 간절히 품었다. '사랑하는 이를 따라 죽지 못한 이'는 시간을 통과해 살아남았다. 그림 속의 여인은 사랑 때문에 너무나 고통스럽지만 이윽고 사랑 때문에 살아갈 것이다. 이제부터는 그를 사랑했기 때문에 살아갈 것이다. 사랑은 사람을 결국 살아가게 한다. 언제나 사랑은 우리가 아는 '사랑' 이상이다. 사랑은 어떠한 경우에도 사랑을 하는 사람을 죽이지 못한다.

12

전설의 이름,
소울메이트

"세상에 공짜로 손에 넣을 수 있는 행운은 없다.
끊임없이 자기 그릇을 다스리는 사람이
만남의 축복을 자기 그릇에 담을 수 있다."

마리나 아브라모비치, 〈예술가가 여기 있다〉, 퍼포먼스, 2010, MOMA

치렁치렁한 드레스를 입은 여자가 의자에 앉아 있다. 때로는 꼿꼿이, 때로는 기대어. 맞은편 의자에는 잠시, 잠깐. 여러 사람이 돌아가며 그녀를 마주 본다. 상대가 누구든 여자는 몸을 움직이지 않는다. 말을 하지도 않고 감정을 드러내지도 않는다. 이 작업의 원칙이다. 참 이상하다, 사람들은 그녀 앞에서 그들 자신이 되었다. 누군가는 빤하게 쳐다보며 의심의 눈초리를 보내고, 누군가는 눈길을 피하며 불안을 감추지 못하고, 또한 누군가는 뜨겁게 올라오는 감정을 감추지 못해 촉촉하게 눈을 적신다. 나이가 지긋한 여자는 석 달 동안 매일 수천 명을 만났다. 그 어떤 반응에도 흔들리지 않은 채 바위처럼 단단하고 밤하늘처럼 여백이 있는 눈빛을 고수한다. 단 한

번, 단 한 사람이 맞은편 자리에 앉았을 때를 빼고는.

우아한 초로初老의 남자, 희끗희끗한 머리카락이 돋보이는 중후한 신사가 매무새를 가다듬어 자리에 앉는다. 재킷과 청바지에 컨버스 차림이다. 눈동자에 담은 자유로운 영혼을 감추지 못하지만, 절도 있으며 세련되었다. 포멀한 예복 없이도 '신사'라는 단어가 어울린다. 여느 때와 다름없이 잠시 눈을 감았다 뜬 여자는 흔들리는 마음의 온도를 감추지 못한다. 웃음이 나올 것 같다가 눈물이 고여 버리는, 이전에 갖추었던 무표정의 장벽이 무너져 내리는 거장의 맞은편, 그는 무려 10년간 그녀의 연인이었던, 아니 연인이라는 단어로는 턱없이 부족한, 한 몸과도 같던 예술의 파트너였다.

2020년대 대한민국에서 SNS를 사용하는 사람들 가운데, 이 장면을 접하지 못한 사람이 얼마나 있을까? 결국 여자는 퍼포먼스의 규칙을 어기고 손을 내밀어 남자의 손을 잡았고, 남자는 여자의 손을 쉽사리 놓아주지 못했다. 이 가슴 뜨거워지는 장면은 행위 예술의 대모라 불리는 마리나 아브라모비치Marina Abramovic, 1946~의 2010년 회고전, 뉴욕 현대미술관

MOMA에서의 모습 일부다. 〈The Artist is Present〉, '예술가가 여기에 있다'는 제목의 퍼포먼스로 말이다.

1979년 서독 출신의 울라이Ulay, Uwe Laysiepen, 1943~2020를 만난 마리나는 '함께'라는 단어를 삶으로 살았다. 두 사람은 '관계'를 주로 표현했다. 길게 기른 서로의 뒷머리를 뒤틀어 엮고, 입을 밀착한 채 산소와 이산화탄소를 공유하기도 하며, 날카로운 활과 화살로 서로를 겨누어 버틴다. 두 예술가가 마치 한 몸 한마음인 것처럼 한 예술을 구성했고, 관람자들을 초대하여 예술을 완성했다. 같이 생각하고 같이 말하고 같이 움직이며 두 사람은 '영혼의 반쪽'인 것처럼 살았다. 영혼이 연결된 듯한 두 사람을 '소울메이트'라고 한다는데, 그들처럼 '소울메이트'라는 단어가 어울리는 커플도 없을 것이다. 그 무엇도 입증할 필요가 없었다. 소울메이트로서 두 사람은 그저 살았다. 꿈 같은 십여 년이 훌쩍 지났다.

1981년에서 1986년 사이, 울라이와 함께 진행했던 퍼포먼스들은 세상에서도 인정받는 예술적 성과를 이루었고, 1988년의 마지막 퍼포먼스, 중국 만리장성의 극과 극에서 서로를 향해 걷는, 90일간의 시간을 지불한 〈연인들〉을 끝으로 두 사람의 파트너십은 종결을 이룬다. 꼭 끌어안고 서로의 안녕을 기원하며 헤어진 한 몸과 같았던 둘. 그리고 2010년, 필연 또는 우연처럼 두 사람은 예술로 맞은편에 앉는다. 돌고 도는 시간을 밟아 다시 만날 수밖에 없는 영혼의 동반자다운 이야기다.

나는 감각이 아니라 직관으로 사는 사람이다. 현실적인 세계는 나의 세계가 아니고, 현실적인 언어는 나의 언어가 아니다. 영혼의 동반자 '소울메이트'는 이런 나와 내 동족들에게 꿈과 같은 단어다. 손발이 꼭 맞는 마음이 흡족한 인생의 파트너를 만나기 위해 우리는 꿈을 꾸고 만나고 실망하고 헤어지기를 반복한다. 소울메이트라면 뭔가 다를 거라며, 운명이 둘을 이어 주기를 빌고 또 빈다. 일단 만나기만 하면 마음이 몸이 인생이 완벽해질 것처럼 만남을 꿈꾼다. 그리고 이를 종교처럼 믿던 나는 소울메이트를 만난 적이 있다. 내가 생각하던 것을 그 순간 상대가 말하고, 내가 확신하던 것을 상대가 이미 하고 있던. 말과 말이 꼬리에 꼬리를 무는 듯 이어지고 또 이어져 대화가 끊이지 않던 사람을…. 그러나 그렇다고 내일을 그리고 또 내일을 꼭 함께 할 수 있는 것은 아니었다.

소울메이트는 취향의 문제이지만 사랑의 깊이는 인격의 문제다. 사람과 사람이 함께 하는 데 가장 중요한 요인은 안정감 있는 성품이다. 네가 누구라도, 간장 종지여도, 냉면 그릇이어도 품을 수 있을 커다란 나의 그릇, 네가 어떤 인생을 가졌을지라도 나는 한번 품어보겠다는 결심이 인격이다. 심리학자 칼 로저스는 이와 비슷한 행동을 '무조건적 긍정적 존중'이라 부르며 상대를 온전한 사람으로 오로지 존중하며 경외감으로 바라볼 것을 권했다. 이걸 알게 된 후로 사랑하는 일은 내게 오히려 새털처럼 가벼워졌다. 영혼의 반쪽 같은 소울메이트라 하여도 품을 수 없었던 경험은 오히려 더 많은 가능성을 안겨준 것이다.

사실 소울메이트는 그저 환상을 믿고 싶은 사람을 위한 단어인지도 모르겠다. 상대가 내 마음을 철석같이 알아듣고 내 손발처럼 움직이고 있다면, 나 말고 상대만 참고 또 참고 열심히 맞추고 있을지도 모르니. 세상에 공짜로 손에 넣을 수 있는 행운은 없다. 끊임없이 자기 그릇을 다스리는 사람이 만남의 축복을 자기 그릇에 담을 수 있다. 만나더라도, 헤어지더라도, 내내 함께 살더라도.

"남은 것은 우리가 남긴 정말 아름다운 작품이라고 생각합니다. 그리고 이것이 중요한 것입니다. (I think what is left is this really beautiful work that we left behind. and this is what matters.)"

_마리나 아브라모비치

'영혼의 반쪽'과 '인생의 반쪽', 무엇이 더 아름다울까?

2장

사랑받는 얼굴

1

고요한
스킨십

"내게 사랑은 단 한 번도 욕망이었던 적이 없었다.
적어도 내게 사랑은 언제나 온도였다. 따뜻함,
그리고 마음이 얼어붙어 깨지지 않을 거라는 안정감.
그러면 제법 추운 시절이 좀 서럽지 않을 것 같았거든."

지오반니 세간티니, 〈목가〉, 캔버스에 유채, 56,5×84,5cm, 1882~1883,
아베르덴 아트갤러리&뮤지엄

사랑에는 입이 필요 없다. 세상의 수많은 사랑이 오해로 점철되는 것을 보면 꼭 그렇다. 오히려 입 달린 시끄러운 사랑을 상상하면 피곤하기만 할 뿐이다. 그러면 사랑은 무엇으로 존재를 전달하는가. 이것 하나만큼은 분명하다. 사랑에는 체온과 온기가 있다. 사랑이 있다면 결코 냉정할 수 없다. 세상 천지 다 얼어붙어도 사랑만큼은 따뜻하다. 그러하니 사랑은 온도로 기억되고, 닿거나 닿지 않거나 모든 스킨십은 사랑으로 기억된다.

여기 세상에서 가장 고요한 스킨십이 있다. 지오반니 세간티니Giovanni Segantini, 1858~1899의 그림 〈목가〉에는 삶과 삶이 조용히 맞닿을 때의 온기가 있다. 어둑어둑해질 무렵 남자와 여자는 고된 하루를 마무리한다. 온종일 일한 듯 허름한 옷 상태다. 이렇게는 집에 돌아갈 수도 없다. 여자는 힘을 잃어 휘청거린다. 남자는 얕은 언덕에 걸터앉고 고개를 숙인 채 등을 세운다. 여자는 남자의 등에 기대어 눕는다. 지친 몸을 기댄다. 남자와 여자는 등을 맞대어 있을 뿐 말 한마디 나누지 않고 있다. 오직 온기만이 오갈 뿐이다. 사랑만이 닿을 뿐이다. 피부가 닿고 온기가 흐르면 순간은 영원이 된다. 남자는 마음도 전한다. 제목에서 강조하는 '목가'가 여기 흐르고 있을 터. 피리를 입에 물고 음악에 정성을 실어 여자를 위로한다. 이 리듬은 여자를 위한 것이다. 여자는 눈을 감는다. '세상천지 다 필요 없다. 오직 이 남자만 있으면 된다. 다른 사람이 아니라 이 사람이라면 순간을 영원으로 믿을 수 있다.' 이 온기만 있으면 시간은 멈추고 사랑은 계속되고 꽃은 피어나는 것이다.

이 그림을 그릴 당시, 20대 중반의 화가는 평생의 연인인 아내를 얻었고, 풍광이 아름다운 장소에서 함께 살았다. 진실한 것에는 복잡한 설명이 필요 없다. 화가가 어떤 사랑을 경험하고 있는지, 관람자는 온몸으로 경험할 수 있다.

지오반니 세간티니에게 사랑은 놀라운 선물 같은 것이었다. 화가의 일생은 시작부터 밑바닥이었으므로. 이탈리아 북부에서 살았던 화가의 부모는 나라에서 나오는 지원금으로 겨우 먹고살았다. 세간티니가 태어나자마자 형 로도비코는 화재 사고로 사망했고, 그 역시 아주 어린 시절 익사 사고에서 간신히 구제받았을 정도였다. 점차 건강이 나빠져 시름시름 앓던 어머니는 그가 어릴 때 세상을 떠났으며, 아버지도 곧이어 돈을 벌겠다고 집을 나섰다. 남매는 오갈 데가 없었다. 친척이라는 이에게 찾아갔으나 그리고 뭐 그리 형편이 나았겠는가. 아무도 그들을 반기지 않았다. 골방에서 외로움과 더러움에 떨던 남매는 그 집을 떠나기로 한다. 화가는 누이의 손을 꼭 잡았다. 남매는 이탈리아의 밀라노로 가기로 했다. 오스트리아 시민권을 포기하고 이탈리아 시민권을 청구했다. 그러나 무엇이 문제였을까, 서류상 오류로 두 사람은 이도 저도 아닌 무국적자가 되었다. 부모도 없고 나라도 없는, 그 누구도 보살펴 줄 수 없는 존재가 되었다. 길거리에서 병에 걸리기도 했다. 치료나 돌봄을 받을 곳도 없었다. 끝내 교육은 받지 못했다. 한 글자도 제대로 쓰지 못하고 문맹인 채로 어른이 되었다.

아무도 알려주지 않았지만 독학으로 그리던 그림이 길을

열어주었다. 그림을 눈여겨보던 주변인들의 도움으로 브레라 아카데미에 입학하게 된 것이다. 스물한 살에 그린 〈성 안토니오의 성채〉가 인정받아 화상들의 도움도 연이었다. 같은 영혼의 화가 장 프랑수아 밀레의 그림을 알게 된 것도 그즈음이었다.

화가에게 가장 큰 행운은 친구 화가 카를로 부가티의 여동생 비체를 만나게 된 것이었다. 두 사람은 결혼을 원했지만 무국적자는 살아있어도 법률상 살아있는 인간이 아니다. 서류상으로 지오반니 세간티니라는 사람은 존재하지 않으므로 연인은 정식 결혼을 할 수 없었다. 놀랍게도 평생, 두 사람은 법적인 공백 상태로 살아야 했다. 사정이 그랬는데도 가톨릭 교회의 교인들은 동거 상태인 그들을 미워했다. 아무것도 모르는 사람들은 쑥덕댔다. 번번이 화가 부부는 견디지 못하고 이사해야만 했다. 자기 때문에 늘 마음이 아플 아내에게 미안했던 세간티니는 고마움과 위로, 감사의 마음을 전하려 글을 배우기 시작했다. 화가는 30대 중반에 이르러야 제대로 글을 읽고 쓸 수 있었다고 하며, 그간의 서러움을 푸는 것처럼 아내에게 잦은 연애편지를 보냈다고 한다.

누군가는 사랑을 소유하고자 한다. 그들의 사랑은 내게

그렇게 낯설다. 나는 사랑을 소유하고 싶었던 적이 없다. 바라는 것이 있다면, 사랑에 가까이 가고만 싶었을 뿐이다. 내게 사랑은 단 한 번도 욕망이었던 적이 없었다. 적어도 내게 사랑은 언제나 온도였다. 따뜻함, 그리고 마음이 얼어붙어 깨지지 않을 거라는 안정감. 그러면 제법 추운 시절이 좀 서럽지 않을 것 같았거든. 그러니 나는 은근한 빛처럼 따뜻한 척이라도 하고 싶다. 냉정한 나는, 순간이라도 따뜻한 사람으로 남고 싶다. 언제나 내 특별한 이는 나를 사랑으로 기억해 줬으면. 그랬으면, 정말 그랬으면.

세상에는 말이 필요 없는 것들이 있다. 말보다 더 높은 차원에 있는 것들, 인간의 눈에 보이지 않는 것들이 그쪽에 머물고 구체적으로 사랑의 영역에 있는 것들이 그렇다. 그래서인가, 사랑은 어렵고 애정은 의심스럽다. 사랑을 확신한다는 것은 언제나 착각 같아서 사랑받는 이를 불안하게 한다. 그래서 사랑의 이름을 가진 것들은 온기로, 몸으로 존재감을 드러낸다. 나는 이렇게 따뜻하니 나의 사랑을 믿어 달라고. 분명 나는 살아있는 사랑이니 의심하지 않아도 된다고. 부디 내 사랑으로 평안을 입으라고 온기는 간곡히 호소한다.

한때 글 없이 살아야 했던 세간티니에게 온기는 어떤 존재였을까. 그런 그에게 어쩌면 말없이도 사랑을 전할 수 있어서 온기는 절대적인 것이었을지도 모른다. 화가의 분신 같은 그림을 보라. 한 장 한 장 고요한 온기가 흐른다. 〈목가〉에는 보다 더 뜨거운 체온이 흐른다. 등에는 활짝 열린 눈이 없고 소곤소곤 소리를 낼 입이 없다. 의외의 순간에 등과 등이 닿았을 때의 충격은 전율을 일으킨다. 볼 수 없으니 언제 피부가 닿을지 예상할 수 없어 더 놀란 감각은 울컥하는 감동을 가져온다. 자신의 체온보다 그의 온도가 훨씬 따뜻해 흠칫 놀라면서도, 맞댄 온기가 가닿는 넓은 면적 때문에 더욱 안심할 수 있었던 스킨십이 있다.

때로 고요한 스킨십은 더욱 감동적이다. 소리가 사라지면 평화가 머문다. 온기가 흐르면 애정이 쌓이고, 체온은 문신처럼 피부에 스민다. 시간과 온기가 오갈수록 두 사람은 스며든다. '사람'과 '사랑'이 왜 닮았겠는가. 사람을 온전하게 만드는 것은 사랑이 아닌가. 아니, 사람을 사람 이상으로 만들 수 있는 것은 사랑밖에 없지 않은가. 사람의 온기는 분명 언어와 육체를 뛰어넘는다. 그러하니 사람은 언제나 사람 이상이고, 사랑이 있어서 사람은 더욱 복된 존재다.

슬픔이 얼굴을
얼을 때

"세상에는 서로의 비참을 통해 사랑하게 되는 사람들도 있다.
고흐와 시엔처럼, 장 발장과 팡띤느처럼."

빈센트 반 고흐, 〈슬픔〉, 종이에 연필, 펜과 잉크, 44.5×27.0cm, 1882, 영국 뉴아트 갤러리

'여자의 눈물'에 대한 수많은 속담이 있다. 아무래도 눈물은 남자보다 여자에게 더 익숙하다. 여자는 왜 그렇게 우는가? 생물학적으로는 호르몬 때문이라고 한다. 여자에게는 눈물 분비와 연관 있는 프로락틴이 남자보다 많고, 체내 테스토스테론이 많은 남자는 여자보다 눈물을 덜 흘린다는 것이다. 그러나 이번 생을 여자로, 산전수전 공중전 제법 겪은 이제는 조심스레 말할 수 있다. 여자가 자주 우는 것은 (역사적으로) 사회적·육체적 약자이기 때문이다. 또한 불행이 공격하기 쉽기 때문이다. 불행이 쉽게 쓰러뜨릴 수 있기 때문이다.

'우는 여자'라는 말을 들으면 당연히 피카소의 연인 '도라 마르'를 그린 입체주의 그림이 떠올라야 하는데도 나는 빈센트 반 고흐Vincent Van Gogh, 1853~1890의 그림이 먼저 떠오른다. 〈슬픔〉이란 제목을 가진 이 그림에는 고흐가 잠시나마 깊이 사랑했던 여자가 있다. 연인의 모습을 이렇게 슬프고 아프고 두려우며 비참하게 그리다니! 시엔 호르닉은 고흐가 사랑했던 비참한 여자였다.

　여성의 삶이 한계에 다다르면 어디로 가게 될까. 배운 것도 돈도 없는 여자들은 노동과 시간부터 판다. 빅토르 위고의 장편소설《레 미제라블》의 팡띤느는 불행한 여성의 몰락, 그 전형이다. 몸 하나 가진 여자는 처음에는 그럭저럭 입에 풀칠하다가도 어디 아프거나 직장이 망하거나, 일을 못 하게 되었을 때 급전이 필요해 빚을 얻게 되면 그때부터는 일상이 무너진다. 하물며 아이가 있다면, 팡띤느처럼 미혼모가 된다면 그 위기는 말할 것도 없다. 이럴 때 가진 것 없는 여자는 누군가의 도움 없이는 버틸 수 없다. 여성이 오로지 자기 힘으로 살아가는 일은 힘에 부친다. 가족을 먹이기는커녕 자기 한 몸 먹고살기도 쉽지 않다. 남성이 세상의 주인공인 가부장제로 세팅된 사회에서 '남성 가장'보다 '여성 가장'이 더 안쓰러운 것은 그 때문이다. 부모나 남편이 없는 여자는 막다른 골목에 서면 몸이라도 팔아야겠다는 생각에 쉽게 사로잡힌다. 몸을 판다는 것은 가진 것이 몸 이하라는 의미에 가깝다. 참 이상하다. 몸을 팔기로 결심한다고 해서 경멸의 권리까지 파는 것은 아닐 텐데, 몸을 파는 여자는 당연히 그래도 된다는 듯 멸시에 둘러싸인다. 몸도 영혼도 보호받지 못하는 최약자의 자리로 떨어진다.

〈슬픔〉은 빈센트 반 고흐의 가장 유명한 누드화다. 고흐는 수많은 작품을 남겼지만 누드화의 숫자는 미미하다. 모델을 정식으로 쓸 돈이 없었기도 했지만, '거친 생각과 불안한 눈빛의' 고흐에게 맨몸을 내어줄 정도로 대담한 여자도 별로 없었다. 고흐는 시엔 이외 그 누구도 뜨거운 감정이 가득한 누드로 그림에 담지 않았다. 고흐가 사랑했던 그 어떤 여자도 시엔만큼 비참하지는 않았다. 그 말은 고흐의 비참을 알아볼 수 있는 여자도 시엔뿐이었고, 시엔의 비참을 알아챌 수 있었던 이도 고흐뿐이었다는 것이다. 실 한 오라기 걸치지 못한 나신으로 여자는 세상에 내던져진다. 옷이란 그의 신분을 의미하기도 하지만, 보호를 의미하기도 한다. 그 무엇도 없는 여자, 신분을 증명하는 것은 단 하나도 없는 여자, 옷 한 벌 가질 돈조차 없는 여자, 추위에 벌벌 떠는 여자다.

얼굴을 가리고 고개를 푹 숙인 채 쭈그려 앉은 이 여자의 육체는 그 형태와 질감만으로 여자가 겪었던 시간을 고스란히 드러낸다. 굽은 등과 어깨, 헝클어진 채 아무렇게나 흐트러진 머리카락, 탄력 없이 쭈글쭈글한 피부, 축 처진 가슴과 부풀어 늘어진 배, 그 모든 것이 기쁨이 스민 적 없었던 몸과 축복받지 못한 아이를 품은 몸의 고통을 드러낸다. 방석 한 장 없이 바위 위에 걸터앉은 여자의 모습은 그야말로 지친 비명이다. 고흐는 그림 아래 쥘 미슐레의 글을 인용하여 다음과 같이 적었다. "대체 어떻게 이 땅에 여자가 혼자 있을 수 있는가? – '버려져'" (쥘 미슐레, 《여인》('버려져' 부분은 고흐가 첨가하여 인용))

시엔은 알코올 중독 상태의 매춘부로, 다섯 살 딸과 헤이그 거리를 헤매다 고흐의 손을 잡았다. 고흐는 그녀에게 머물 곳과 입을 것, 먹을 것을 제공하면서 모델을 부탁했다. 비참의 바닥을 헤매는 여자에게 비참한 남자는 잠시의 구원이 되었다. 두 사람은 함께 슬픔 안에 머물면서 서로 위안하였고 서로에게 감사가 되었다. 두 사람은 각각의 비참을 가지고 있었고, 각각의 슬픔을 알아볼 수 있었으므로 두 사람은 유일하게 서로를 사랑할 수 있는 사람이었다. 고흐는 그녀의 얼굴이 자기 얼굴과 닮았음을 바로 알아보았으며, 시엔의 슬픔에 다가가 그녀의 슬픔을 자기 것으로 받아들였다. 기꺼이 사랑하기로 했다.

> "그 이름을 잘 기억해 두거라, 팡띤느이다. (중략) 네가 행복을 누리는 것만큼이나 불행을 겪으셨다. 모두 신께서 내리는 분복이니라."
>
> _빅토르 위고, 《레 미제라블 5》, 펭귄클래식

장 발장이 임종의 순간에 팡띤느의 딸 코제트에게 당부한 이 말은, 장 발장이 그 사람의 존재를 얼마나 고결하게 여겼는지 깊이 알려준다. 《레 미제라블》의 주인공, 평생을 숨어 지내야 하는 탈옥수 장 발장은 거리를 헤매던 팡띤느의 손을 잡는다. 이건 구원의 일종이다. 너의 목숨 같은 딸을 구해주리라 약속한다. 자기 목숨이 위기에 처했을 때도, 바다와 어둠 가운데 고립되었을 때도 그는 팡띤느의 처절한 소원을 저버리지 않았다. 몇 년이 지나서라도 장 발장은 이 약속을 지킨다. 장 발장의 눈에 비친 팡띤느는 고흐의 눈에 비친 시엔과 다르지 않았을 것이다. 그 모습도, 마음도 감정도.

장 발장에게 팡띤느는 문신 같은 존재였다, 지우려야 지울 수 없고 잊으려야 잊을 수 없는 존재. 두 사람 사이에는 죽음과 형벌이 있었다. 때문에 산 몸의 온기로 사랑을 맺어가지 못하지만 남자는 여자의 생을 온전하게 만드는 데 일생을 기울였다. 나는 단언한다, 장 발장이 평생 유일하게 사랑했던 여자는 팡띤느 뿐이었다고. 시간이 비껴가고 방법이 비껴가서, 그것이 세상의 사랑과 너무나 다르더라도, 그러한 사랑도 분명 사랑이라고. 세상에는 서로의 비참을 통해 사랑하게 되는 사람들도 있다. 고흐와 시엔처럼, 장 발장과 팡띤느처럼.

사랑은 기적의 속성을 포함한다. 비참한 사람에게는 더욱 그리할 것이다. 인간은 누구든 자기 모습 그대로 사랑받기를 원한다. 이 불가하고 허망한 소원이라니! 본성 그대로 사랑해줄 사람을 찾아 헤매는 것이 한 생명의 유일한 갈망, 곧 의미이며 목적인지도 모른다. 고흐의 삶은 그 열망을 숨길 수 없어서, 아무리 허우적거려도 사랑받고픈 열망을 보답받지 못해서 더욱 서글프다.

두 사람의 사랑은 오래가지 못했다. 고흐는 시엔의 딸과 시엔의 배 속에 있던 아이를 깊이 사랑했고 그녀와 결혼하려 했지만, 동생 테오를 비롯한 가족들은 불같이 화를 내며 반대했고, 고흐가 존경하던 스승은 절연을 선언했다. 시엔 역시 오래 기다리지 못했다. 그녀가 고흐를 떠나 예전의 거리 생활로 돌아감으로써 두 사람의 짧았던 행복은 막을 내린다.

나는 시엔이야말로 고흐의 내면에 가장 깊이 들어간 여자였다고 생각한다. 가장 밑바닥 인생을 살고 있었기 때문이며, 가장 약하고 비참했기 때문이다. 고흐가 사랑했던 여자가 시엔뿐만은 아니었지만 그 누구도 시엔만큼 슬픔의 밑바닥을 알 수 없었다. 슬픔은 액체와 닮았는지 연하고 약한 것에 가장 잘 스며든다. 고흐의 슬픔이 온전히 닿을 수 있는 사람은 가장 슬픈 사람이었다. 슬픔을 구체적인 사물에 기대어 풀어내는 데 탁월한 시인 천양희는 고흐의 〈슬픔〉을 두고 말한다. "내가 그토록 사랑한 '슬픔'이 어느새 내 슬픔이 되어 있다"고. 그녀는 "그 슬픔으로 하루를 견뎠다"고. 그리고 나 역시 이 그림으로 견딘 하루가 있었음을 조심스레 고백한다.

슬픔이 슬픔과 하나가 될 때, 슬픔은 제 얼굴을 얻는다. 그

제야 슬픔은 고개를 들고 저 너머를 볼 수 있을 것이다. 이 그림에서처럼 주저앉아 얼굴을 들지 못하던 시엔이 고흐를 만나고 다시 한번 일어설 수 있었던 것처럼. 슬픔이 사랑을 만나면 아름다워 이리 그림 같다. 슬픔을 구원하는 이름은 오직 하나뿐이다.

3

가장 많이
사랑받는 사람은

"살아 보니 그것 하나 알겠다. 인생은 그저 어이없이 당하는 것뿐이라는 걸.
그걸 알아 버린 사람들은 매사에 간절할 수밖에 없다는 걸.
그래서 나 같은 보통 사람들은 잘 나가는 천재를 흠모해도 사랑하지는 않는다."

구스타프 클림트, 〈피아노 앞에서의 슈베르트〉, 캔버스에 유채, 1899, 임멘도르프성 화재로 소실
구스타프 클림트, 〈피아노 앞에서의 슈베르트〉, 캔버스에 유채, 30x39cm, 1896, 개인 소장
(대형 작품을 제작하기 전에 에스키스(소형 스케치)로 그린 것)

오랜만에 존경하는 분을 찾아뵙고 두어 시간 이야기를 나누었다. 어르신은 내게 "아직도 모차르트를 좋아하니?"라고 물었고, 나는 "나이가 들수록 모차르트에 대한 생각이 달라져요."라고 대답했다. 어르신은 그럴 줄 알았다 웃으시며 "일필휘지의 천재인 모차르트는 아무래도 닿을 수 없는 가슴이 있지."라는 말씀을 하셨다. 어르신은 이제 나날이 바흐가 좋아질 것이라 권해 주셨고 나 역시 동의했다. 그러나 집에 돌아오는 길, 아까의 대화를 곱씹으며 내 마음이 가닿은 이는 엉뚱한 작곡가였다.

모차르트를 무척 좋아했지만 더욱 사랑하고 정들지는 않는다. 모차르트에 대한 애정은 부러움과 흠모가 팔 할이므로.

이를 악물 만큼 발랄한 볼프강 아마데우스 모차르트는 천재 같기만 하고 사람 같지가 않다. 이를 악물고 노력하는 천재였다고 해도 어렸을 때부터 인생 탄탄대로였던 모차르트는 다 가져본 사람 같다(나는 노력한 만큼 결과가 나오는 운도 결국 축복이며 재능이라고 믿는다). 나는 유난히 프란츠 슈베르트^{Franz Peter Schubert, 1797~1828}에게 더 마음이 간다. 나처럼 작고 못생기고 일도 사랑도 맨날 안 풀리는데다 자신감도 없어 지질했던 사람, 그러나 항상 간절하고 간절했던 사람. 답답하고 소심한데 한 번씩 용기 내면 로맨틱하고 다정다감한 '40대 소년' 같은 작곡가가 그다. 실제 슈베르트의 사망은 갓 서른 근처였는데 왜 40대냐고? 인생이 너무 고달파 십 년은 폭삭 늙어버린 영혼이 절절히 전해지기 때문이라고밖에 표현하지 못하겠다.

짧은 생 내내 외롭고 초라했던 슈베르트의 인생을 위로한 그림 한 장이 있다. 수많은 슈베르트의 초상이 있지만 구스타프 클림트^{Gustav Klimt, 1862~1918}의 1899년 작품, 〈피아노 앞에서의 슈베르트〉만큼 반짝이는 슈베르트의 인생 샷은 단언컨대 없다.

1896년경 구스타프 클림트는 실업가 니콜라우스 둠바에게서 특별한 주문을 받았다. 둠바는 저택을 장식할 그림이 필요했고, 그중에서도 음악실에 걸 특별한 그림 두 점을 원했다. 오스트리아는 설명이 필요 없는 음악의 나라다. 둠바만큼 클림트 역시 음악에 관심이 많았다(클림트는 이미 1895년에 〈음악 I〉이라는 제목의 그림을 그려 음악의 영감을 이미지로 표현한 적이 있다. 이후 1898년에는 〈음악II〉라는 제목의 그림을, 1902년에는 거대 규모의 〈베토벤 프리즈〉 벽화를 그리기도 했다). 당시 클림트가 가장 좋아하는 작곡가는 슈베르트였다.

이 작품이 계획될 때는 이미 슈베르트의 사망 이후 60년도 훌쩍 지난 이후였다. 슈베르트는 당대 음악의 유행에 따르지 않고 소규모의 낭만이 가득한 곡에 집중했기에 쉽게 빛을 보지 못했다. 그 자신의 소심한 성격으로 인해 세상에 알려질 기회를 더욱 잃었다. 그의 음악이 가치를 인정받기 위해서는 사망 이후로 50년 그 이상의 긴 시간이 필요했다.

슈베르트는 진지한 표정으로 피아노 연주에 몰입해 있고, 곁에 선 여자들은 노래를 부른다. 분명 '슈베르티아데(Schubertiade, 슈베르트의 밤이라는 뜻으로, 작곡가의 친구들이 열어 준 작은 음악회)'의 한 장면일 것이다. '가곡의 왕' 슈베르트가 남긴 600여 곡의 노래 중 하나를 부르고 있으리라. 촛불이 강렬하게 빛난다. 놀랍게도 어둠 역시 반짝반짝 빛난다. 여자들은 한껏 치장하고 나섰다. 슈베르트 시절이 아니라 클림트 시절의 비엔나 패션이다. 손끝의 선율은 클림트 시절의 슈타인웨이 피아노에서 흘러나온다. '손가락 끝 하모니'라 불렸던 작곡가에게 어느 피아노든 상관없었을 것이다. 클림트는 역사화라면 필수적일 고증을 의도적으로 무시하고 19세기 말 비엔나의 관람자에게 가장 매력적일 그림을 그렸다. 그들이 가장 흠모하던 작곡가와, 그들이 가장 입고 싶어 하는 패션과, 그들이 아는 최고급 악기를 그렸다. 그뿐인가, 화가는 자신의 내연녀 마리 치메르만을 그림 속에 숨겨 노래하게 했다. 그림에게나 작곡가에게나 애인에게나 클림트 나름의 애정 표현이었을 것이다.

촛불은 한 군데에서만 빛나지 않는다. 슈베르트의 얼굴 바로 앞에서 그의 악보와 함께 작곡가의 얼굴을 환하게 비추고, 여자들의 등 뒤에서 노래 악보를 밝혀 작곡가의 등 뒤를 비춘다. 슈베르트의 단정한 검은 옷은 그의 존재감을 확고히 드러내며, 짙은 어둠과 하나 되어 그림의 무게를 굳건히 잡는다. 여자들의 옷은 상대적으로 밝고 맑은 색채로 가득하다. 풍

만하게 잡은 주름과 프릴은 화려한 곡선으로 몸의 굴곡을 드러내고, 옷감에 가득한 꽃무늬와 질감은 화려함을 돋운다. 반짝이는 빛은 은은하다기보다 찬란히 부스러지면서 그림을 풍부하게 한다.

아쉽게도 이 작품은 현재 존재하지 않는다. 2차대전 중 오스트리아 정부는 이 그림 이외에 중요한 예술작품들을 모아 슐로스 임멘도르프성에 보관했다. 그러나 1945년, 패배를 알게 된 나치 군인들은 성에 불을 지르고 도망쳤고 작품은 어이없이 소실되었다. 현재 사진 이미지라도 남아있는 것이 얼마나 다행인지 모른다. 클림트가 선물한 슈베르트의 인생 샷을 후대 사람들은 결코 상상할 수 없었을 테니.

슈베르트는 31년의 짧은 생애를 살면서 1천 곡이 훌쩍 넘는 작품을 남겼다. 35세에 사망한 모차르트보다도, 56세에 사망한 베토벤보다도 밀도 있는 인생이었다. 그는 단 하루도 쉴 틈이 없었다. 스무 살 경부터 병마에 시달려 늘 머리가 아팠고 열에 시달렸다. 병의 후유증으로 머리도 일찍 빠져 가발을 걸치고 살아야 했다. 나쁜 눈으로 싸구려 안경을 끼고 불편하게 글을 쓰고 음표를 그렸다. 150cm 대의 키에 통통하기 그지없어 외모에 자신이 없었다. 워낙 작아서 '슈밤메를Schwammerl,

꼬마 버섯'이라는 별명까지 얻었다고 한다. 당연히 인기가 없었고 번번이 실연을 당했다. 소심한 작곡가는 나날이 위축되었다. 작곡가는 이 모든 괴로움을 묵묵히 겪었다. '버섯'이라는 별명에 걸맞게 그늘에서 빛 한 번 못 본 인생이었다.

살아 보니 그것 하나 알겠다. 인생은 그저 어이없이 당하는 것뿐이라는 걸. 그걸 알아 버린 사람들은 매사에 간절할 수밖에 없다는 걸. 그래서 나 같은 보통 사람들은 잘 나가는 천재를 흠모해도 사랑하지는 않는다. 오히려 모든 어려움을 겪은 사람들을 마음 깊이 사랑한다. 우스운 건 지금 잘 나가는 천재도 바로 그 간절했던 사람을 사랑한다는 것이다. 그래서 가장 많이 사랑받는 사람은 가장 많이 슬펐던 사람이다. 그것만이 작고 간절한 사람에게 남을 시공간을 넘어선 위로다. 한편 그것이 천재 클림트와 지질한 나의 유일한 공통점이며, 그와 내가 한 슬픈 남자, 슈베르트를 사랑하는 이유다.

4

사랑의
낯빛

"이 분홍은 오직 사랑하는 남자만이 그릴 수 있는 낯빛이다."

에두아르 마네, 〈바이올렛 부케를 단 베르트 모리조〉, 캔버스에 유채,
55.5×40.5cm, 1872, 오르세 미술관

세상에는 확실히 '난 사람'이 있다. 뭘 생각해도 대단하고 뭘 말해도 감동적인 사람이 전설로 남는다. 19세기 프랑스에 그런 '난 사람'이 있었다. 인상주의자의 아이돌, 수많은 화가 추종자를 낳았던 에두아르 마네Edouard Manet, 1832~1883가 그 주인공이다. 그런 잘난 사람들은 이성으로서도 매력적이다. 사랑의 세계도 자본주의 세상과 다를 바 없다. 그쪽도 '빈익빈 부익부'가 확실하다. 늘 인기 있는 사람만 계속 연애를 하고, 인기 없는 사람은 계속 외롭게 지낸다. 돈이 돈을 부르는 것처럼 매력도 매력을 부른다. 재능은 재능을 부르고 지식은 지식을 부른다. 질투에 불붙게도 이 모든 것이 한 사람에게 집중되는 경우가 있다. 똑똑하고 잘생기고 성격도 봐줄 만하고 능력도

출중해 재정 형편도 좋은 사람. 굳이 나누자면 '빈자'에 속하는 나는 뭔가 좀 억울하다. 그런 '부자' 마네가 곁으로 끌어당긴 여성들은 마네를 알게 되면 알게 될수록 사랑에 빠졌다. 마네도 마다하지 않았다.

에두아르 마네의 여성 편력은 대단했다. 마네는 수잔이라는 아내가 있었으나 아랑곳하지 않고 여러 여성과 관계를 맺었다. 두 살 연상의 수잔 렌호프는 원래 마네의 피아노 가정교사였다. 여기에는 기묘한 가정사가 얽혀 있다고는 하지만, 마네가 수잔을 모델로 그린 여러 장의 그림을 보면 마네가 그녀를 사랑스러운 여자로 보지 않았다고는 할 수 없을 것이다. 또 다른 여자, 빅토린 뫼랑은 마네의 전위적인 작품마다 누드의 모델로 등장할 정도로 화가에게 헌신적이었다. 뫼랑은 그림을 그리기 시작했고, 예술 아카데미의 부설 수업에도 참가해 그림을 배우는 데 열중했다. 그림에 대한 의지가 얼마나 대단했던지 뫼랑은 순식간에 살롱 입선을 할 정도로 성장했다. 때로 여자의 자아실현은 남자를 불편하게 한다. 손발이 꼭 들어맞던 관계는 흔들린다. 마네는 분명 나쁜 남자였다. 그저 모델이었던 여자, 늘 한 수 아래라고 여겼던 여자가 자신의 동료가 되는 것을 인정할 수 없었던 것일까. 두 사람의 관계는 그림으로 인해 완전 종료되었다.

이 이기적이고 운 좋은 남자에게 또다시 분홍의 바람이 불어온다. 프랑스 예술의 선봉장에 서 있던 마네를 존경하던 화가가 그에게 인사한다. 1868년 7월 살롱 드 파리에서, 앙리 팡탱 라투르의 소개였다. 매혹적인 그녀의 이름은 베르트 모리조Berthe Morisot, 1841~1895, 로코코 회화의 거장 장-오노레 프라고나르의 혈통이며 부유한 고위 관리의 딸이었던 아가씨였다. 모리조는 바르비종파의 풍경화 거장 카미유 코로에게서 그림을 배웠고, 루브르에서 허가를 얻어 선대 화가들의 그림을 모사했다. 모리조는 전통 있는 살롱에 세 번 출품한 경력이 있었고, 당대의 비평가 파울 란츠에게서 그림에 대해 호평을 받은 자신만만한 화가였다. 마네의 지도로 모리조의 그림은 크게 변화했고 마네 역시 (다른 의미로) 변화하긴 마찬가지였다. 곧 마네의 주인공은 바뀌었다. 마네의 그림 중 수잔은 여섯 번, 빅토린 뫼랑은 아홉 번, 그리고 베르트 모리조는 열한 번 이상 등장한다. 마네는 지치지 않고 베르트 모리조를 그리며 자신의 방식으로 애정을 표현했다. 그중에 가장 아름다운 그림이 〈바이올렛 부케를 단 베르트 모리조〉다.

　검고 깊은 눈의 베르트 모리조를 만나면서 마네의 그림은 달라졌다. 이전 모델이었던 빅토린 뫼랑처럼 도발적인 눈빛을 살리고 과감한 신체 노출을 주저하지 않던 그림에서 벗어나, 노출 없이 절제된 포즈와 색채의 깊이감을 살리는 그림으로 변화하였다. 다시금 생각하니 마네는 더욱 나쁜 남자다. 마네가 모리조를 다른 태도로 대한 건 모리조가 자신과 어울리는 부르주아 상류층의 여자였기 때문일지도 모른다. 원래 사람은 속물이다. 자신과 같은 위치에 선 사람에만 손을 내미는 것이 인간이란 존재이니 말이다.

　어찌 됐든 사랑이란 이름의 교통사고는 발생해 버렸다. 모리조에게 마네는 무한의 존경이었다. 마네에게 모리조는 성적 대상이 아니면서 영감의 원천 이상의 존재였다. 한 번뿐인 인생을 살면서 존경할 수 있는 사람을 만나는 것은 쉬운 일이 아니다. 그리고 그 사람을 사랑하게 되고 사랑받게 되는 것은 더욱더 놀라운 확률이다. 나는 마네도 모리조를 존경했다고 생각한다. 그림의 조형적 가치를 분석하면서 인정하게 되는 '이성적 존경'이 아니라, 베르트 모리조라는 존재에 대한

'본능적 존경'이었을 것이다. 앤 이고네가 말하듯, "명료한 초연함, 지적인 엄격함, 미학적 완전함"으로 프로페셔널하게 일하는 여자는 귀한 법이니. 그냥 서로 알아보고야 마는 상대가 있지 않은가. 어떤 인간은 더듬이가 좀 더 긴 영적 동물이니까.

베르트 모리조가 그림을 위해 옷자락에 달았던 제비꽃을 마네는 한 번 더 그렸다. 〈제비꽃 부케와 부채가 있는 정물화〉는 모델이 되어준 모리조에게 감사를 표하기 위한 선물이었다. 당시 유럽에서는 길거리를 돌아다니는 꽃 파는 아이들이 작은 부케를 팔았는데, 남자들이 에스코트하는 여자에게 사랑과 존경의 표시로 선물하곤 했다. 제비꽃은 아테네 여신을 상징한다. 총명하고 강인하면서 모든 승리를 거머쥔, 그러나 영원한 처녀로 남은 고결한 여성이다. 남자가 이 작고 향기로운 여자를 어떻게 생각했는지를 알 수 있는 장면이다. 한편으로 제비꽃은 제우스의 숨은 애인이었던 이오를 상징한다. 사랑하지만 떳떳이 만날 수 없는 비극 가운데 핀 꽃이다.

두 사람은 가족이 되기로 한다. 1874년 12월, 베르트 모리조는 에두아르 마네의 동생 외젠 마네와 결혼한다. 두 사람의 친구였던 조지 무어는 탄식했다. "마네가 이미 결혼하지 않았다면 틀림없이 모리조와 결혼했을 텐데." 어떻게든 두 사람은 평생 곁에 선 채로, 느슨히 이어진 채로 끝까지 간다. 1883년 마네가 매독으로 사망하게 될 때까지 그랬다. 55년의 짧은 생이었다. 남자가 세상을 등진 후, 여자는 그의 무덤 옆에 본인(과 외젠 마네)의 무덤 자리를 마련한다. 한편 남자의 남은 그림을 사들이고 그의 회고전을 적극적으로 기획한다. 마네에게 굴욕을 안겨주었던 〈올랭피아〉가 모리조 덕분에 드디어 오르세에 입성했다. 드가가 오랫동안 모은 그림들로 '드가 미술관'을 만들까 잠시 고민할 때 마네의 작품을 더 소장하라며 적극 추천하기도 했다. 모리조의 정성이 하늘에 닿았는지 마네의 명성은 사후 나날이 높아졌고 미술사의 평가도 달라졌다.

마네 사후 10년인 1894년, 모리조는 드디어 이 제비꽃 초상화를 다시 손에 넣는다, 로맨틱하지만 심술궂은 마네는 이 그림을 그녀에게 주지 않았다. 미술 평론가 테오도르 뒤레가 소중히 지켜온 그림을 양보해 주었고, 모리조는 기쁨의 눈물을 훔친다. 그리고 1년 후인 1895년, 그녀는 평안히 눈을 감았다. 이제 다 이루었다는 듯, 더 바랄 게 없다는 듯, 이제 그에게 기쁘게 돌아가겠다는 듯. 오랫동안 고요하게 성실하게 지속해 온, 지독할 만큼 강인한 사랑이었다. 그리고 1998년, 이그림은 오르세 미술관에 자리 잡는다. 검은 꽃 같은 그림을 소중하게 지켜 온 모리조-마네 집안에서도 간곡한 오르세의 부탁을 거절할 수 없었던 것이다.

예술을 위해 태어난 두 사람은 서로로 인해 더 넓은 예술의 장으로 들어선다. 투명한 빛 가득한 활달한 붓질을 지닌 성실한 인상주의자 베르트 모리조, 이 사랑스러운 여자 때문에 마네는 외광 회화(Pleinairism, 플레네리즘: 실내의 인공 조명이 아니라 실외의 자연광을 통해 스케치를 하고 채색하는 그림)에 관심을 가졌으며, 기꺼이 그녀가 속한 인상주의 그룹을 살피고 그 애송이 화파의 장점을 받아들였다. 여자는 남자의 그림 철학을 따라 자연의 색을 보수적으로 사용한다. 화면에서 인상주의가 배척하는 검정을 버리지 않는다. 서로가 서로에게 배우고 또 감탄했다. 남자의 영혼은 여자 아래 기꺼이 무릎을 꿇었다. 고개를 들어 여자의 눈을 높이 바라보았다, 성심의 존경이었다. 존경하고 또다시 존경하고, 존경받고 또다시 존경받는 사랑, 더없이 완벽한 사랑이다.

다시 한번 남자가 그린 여자의 얼굴을 바라보라. 마네의 애
정이 그림 표면에 코팅되어 있지 않은가. 다시 한번 가슴으로
그림을 바라보라. 그림 위에 열띤 심장 박동이 겹쳐있지 않은
가. 이 분홍은 오직 사랑하는 남자만이 그릴 수 있는 낯빛이다.

5

온전한 내 편
하나

"지금 나에게는 예리한 조언보다
온전한 내 편이 되어 줄 누군가가 필요하다."

디에고 리베라, 〈포옹〉, 프레스코, 1923, 동쪽 벽, 멕시코 교육부 노동 법원, 멕시코시티

찔러도 피 한 방울 안 나올 것 같은 냉철한 사람이 있다. 갑작스러운 일이 닥쳐도 흔들리지 않는, 웬만한 일에는 휘둘리지 않고 자신을 지키며 계획대로 살아가는 사람. 내가 닮고 싶은 인간형이다. 그 말은 나는 결코 그런 사람이 아니라는 뜻이다. 아쉽게도 나는 천성이 그렇지 못해서 자주 휘청거린다. 해결하기 버거운 문제가 생기면 별수 없다. 멘붕 상태의 나는 동굴에 들어간다. 혼자 벌벌 떨리는 팔다리를 주무르다 축 늘어져 잠이 들고, 동굴 속 싸늘한 냉기에 뒤척이다 일어나 빼꼼 밖을 살핀다. 엉금엉금 일상으로 돌아간다.

때때로 누군가가 나를 찾아온다. 깊은 밤 전화를 걸어오기도 한다. 솔직히 가끔은 힘겹다. 내 마음이 지쳐 탄력 없을 때는 고민을 듣기 버겁다. 오랜 시간이 흘렀지만 그들의 문제는 잘 해결되지 않고 나는 한두 번이 지나면 더 이상 조언하지 않는다. 그러나 나는 왜 그들의 전화를 받는가. 왜 조목조목 말을 얹지 않는가. '오죽하면'이라는 인생의 연약함을 약간 알고 있기 때문이다. '오죽하면' 참다 참다 이 시간에 이런 이야기를 하겠느냐는 외로움을 미루어 짐작할 수 있기 때문이다. 그런 슬픔을 생각하면 떠오르는 그림 하나가 있다. 디에고 리베라Diego Rivera, 1886~1957의 그림 〈포옹〉에는 한 인간의 연약함과 한 인간의 따뜻함이 고스란히 담겨 있다. 비교적 유명하지 않고 구성이 단출한 이 그림을 사랑하는 이유는 정직함에서 나오는 꾸밈없는 위로 때문이다.

디에고 리베라는 '가장 멕시코적'이라는 평가를 받는 멕시코의 국민 화가지만, 멕시코 밖에서는 프리다 칼로의 바람둥이 남편으로 더 유명하다. 전 세계에서 가장 욕을 먹는 남편이 디에고 리베라일 것이다. 분명 그는 귀가 시끄러워 무덤에서도 편치 않으리라.

일찍이 어린 나이에 재능을 보인 리베라는 아카데미를 거쳐 스페인, 프랑스, 이탈리아 등으로 유학하여 그림을 배웠다.

이탈리아에서는 프레스코 벽화를 감명 깊게 보았다. 1910년 경에는 다시 파리로 돌아가 신진 화가들과 교류하였다. 큐비즘을 만든 피카소, 브라크와 가까이 지냈으며, 시인 아폴리네르는 리베라를 깊이 흠모하였다. 당시 입체주의에 관심을 가졌던 리베라는 피카소에 비견할 만한 재능이 있었으나 변방국의 화가가 예술의 도시 파리에서 성공하기란 쉽지 않았다. 1921년, 화가는 혁명의 진동이 감도는 고국으로 돌아온다. 지난 독재에 반발해 일어난 1910년의 멕시코 혁명은 수많은 사상자를 남기고 성공했으며, 1920년에는 오브레곤 정권이 들어섰다. 가슴이 뜨거운 리베라의 시대가 왔다. 서구 유럽의 전통과 완연히 다른 멕시코의 전통이 얼마나 아름다운지 알리고, 국민의 정체성을 우뚝 세우는 것이 자신의 사명이라 믿었다. 그가 선택한 방법은 보존성이 좋아 공공의 장소에 오래 버틸 수 있는 프레스코 벽화였다.

〈포옹〉은 디에고 리베라가 멕시코에 돌아와 벽화 운동을 시작한 초기의 그림이다. 멕시코 벽화는 아즈텍 문명의 그것처럼 다채로운 색을 사용하고 단순화된 형태를 추구한다. 동글동글한 인물형은 담대하고 단단한 멕시코의 민족성을 드러낸다. 한 남자가 한 남자를 찾아와 무너져 내리고 있다. 화면에는 저 멀리 황량한 풍경이 비치고 두 사람은 꼭 끌어안아 하나가 되었다. 허름한 멜빵바지 차림의 남자는 집을 나서 먼 길을 걸어 망토를 입은 남자에게 찾아왔는지도 모른다. 아니면 그 반대로 힘겨운 남자를 위로하고픈 남자가 신속히 달려왔는지도. 그는 아무 말도 하지 않는다. 가만히 아픈 이의 곁에 있을 뿐이다. 큰 밀짚모자는 언뜻 후광처럼 보여 남자는 슬픔을 안아주고 있는 성자 같다. 그림은 투박하고 구석구석 정확하지 않은 인체 비례가 보이지만 든든한 위로만큼은 보는 이에게 전달된다.

단 한 사람의 위로는 절대적이다. 단 한 사람만 있으면 사람은 하루를 버틸 용기를 얻는다. 누군가가 자신의 고통을 대신 겪어줄 수는 없지만, 누군가가 시간과 장소를 내어 곁에 머무를 만큼 자신은 가치 있다고 확신하기 때문이다.

"나라도 곁에 없으면 / 당장 일어나 산으로 떠날 것처럼" 말하는 '너'를 위해 '나'는 "너무 놀라 번개같이 사랑을 발명해야만 했"다는 이영광의 시 〈사랑의 발명〉(《나무는 간다》, 창비, 2013)을 한때 손바닥에 새기고 살았다. 생에 부대껴 늘 고통스러웠던 나의 사랑도 늘 고통스러웠던 너의 사랑도 늘 이토록 아프고 애틋했기 때문이다. 한편 신형철 평론가는 〈사랑의 발명〉을 다룬 "무정한 신 아래에서 사랑을 발명하다"(〈신형철의 격주시화隔週詩話〉, 한겨레신문 토요판, 2016.08.12)에서 "그가 이 세상을 살아간다는 사실 자체가 안쓰러워 그 곁에 있겠다고 결심하는 마음을 사랑이 아닌 어떤 다른 이름으로 불러야 더 정확할 수 있단 말인가."라고 평評한다. 이 글을 읽는 순간, 디에고 리베라의 〈포옹〉이 눈앞에 펼쳐졌다. 웹 페이지의 섬네일 안에 정지해 있던 작은 인물 둘이, 어느덧 거대한 거인 둘이 되어 우뚝 섰다.

내가 부러워하는 '찔러도 피 한 방울 안 나올 것 같은 냉철한 사람'에게는 이미 그런 한 사람이 있는 것이 아닐까. 아니라면 험한 세상에 흔들림 없이 설 수 있는 사람이 과연 존재하겠는가. 그것을 꼭 집어 사랑이라고 말할 수 있을지는 모르겠다. 다만 이 마음은 능력이다. 연약하게 흔들리는 존재가 안쓰러운 한 사람의 마음은 한 사람을 살릴 뿐 아니라 이 세상 위에 우뚝 서 여러 연약함을 돕는다.

우물쭈물하는 내 성격을 고치라는 조언은 익히 다른 사람에게서 들어왔다. 문제를 해결하는 합리적인 방안 같은 것은 그간 읽었던 책에서 잔뜩 밑줄 쳐두었다. 비합리적 신념을 다룬다는 심리학 책, 좌절에서 일어나 '될 때까지' 맹렬하게 도전해야 한다는 자기계발서는 이미 백 권도 넘게 읽었다. 너무나 잘 안다. '구원은 셀프'라서 이 어려움은 내가 해결해야 한다는 것을. 다만 지금은 두 주먹을 꼭 쥐고 일어날 엄두가 안 난다. 지금 나에게는 예리한 조언보다 온전한 내 편이 되어 줄 누군가가 필요하다. 지금 이 감정이 판단 오류에 의한 것인지 비합리적 신념에서 온 것인지 고민하지 않아도 되는, 머리를 써야 하는 노동과 마음을 써야 하는 불안 없이 두려움을 내려놓을 자리가 필요하다. 잠시라도 좋으니 나만을 위한 사람이 있다면 얼마나 좋을까. 한 사람만큼은 믿음직한 내 편이 되어 주어도 좋지 않을까.

가식 없는 디에고 리베라의 〈포옹〉은 '한 사람'을 더 생각하게 한다. 관계에 서투른 인간조차도 인간을 믿어보고 싶게 한다. 내가 그 한 사람이 되어보고픈 용기를 갖게 한다. 이것이 내게는 예술의 위대함이며 예술에 깃든 인간애의 거대함이다. 화가는 분명 이 마음을 바랐으리라. 그가 바란, 우리가 언제나 예술과 함께해야 하는 이유가 그것이므로.

6

그리움을 이어 주는
노래

"이 조용하고 서글픈, 겸손한 그림에 누구나 공감할 수 있는 이유는
누구에게나 꼭꼭 숨겨 둔 그리움 한 조각이 없을 리 없기 때문이다.
마음이 담겼다면 놀라운 인생은 어떻게든 만들어진다.
가늘고 연약하게 이어지고 끝끝내 완성된다."

하인리히 포겔러, 〈그리움〉, 캔버스에 유채, 90×74.5cm, 1900, 개인 소장

가을은 '나의 시절이 왔다'며 제 존재를 외친다. 쓸쓸함이 비명을 지르는 계절이라 온 동네에서 사랑 타령이다. 올해는 유난히 연애 상담을 많이 들었다. 눈물을 쏟으며 마음을 추스르는 이에게 나는 조용히 좋아하는 노래 이야기를 하나 해 준다. 이 곡을 나는 '그리움을 이어 주는 노래'라고 부르고 싶다.

동그라미 그리려다 무심코 그린 얼굴

(중략)

동그랗게 동그랗게 맴돌다 가는 얼굴

_〈얼굴〉

아련한 그리움과 외로움의 얼굴이 여기에 있다. 사랑 때문에 죽겠다고 하지도 않고 이 사랑이 영원할 거라 호언彙言하지 않는 겸손한 마음이 좋다. 그리움이 찌르르하지만 어느 정도 견디고 있다는 자기 고백이 있다. 과장되지 않은 감정의 표현이 더 구슬프므로 부담 없이 다가와 오래오래 남는다. 나는 여기서 '풀잎에 연 이슬처럼 빛나던 눈동자'라는 가사를 좋아한다. 보이지 않는 얼굴을 정성으로 그리다가 지금은 볼 수 없는 영롱한 눈동자에 가닿는 마음이 조용히 빛나는 것 같다.

1967년 3월 2일, 동도공업고등학교 새 학년 교무회의 시간에 지루하던 두 교사가 있었다. 대학 문학회 출신으로 간간이 시를 쓰던 심봉석 교사는 의미 없이 긋던 낙서 중에 그리운 사람의 얼굴을 떠올렸다. '동그라미 그리려다 무심코 그린 얼굴'이라 쓴 글을 본 음악 교사의 마음은 움직였다. 한 교사는 가사를 지었고, 또 다른 교사는 가사에 맞춰 곡을 지었다. 생물 교사와 음악 교사는 회의를 잊고 집중했고 회의 종료와 함께 곡은 완성되었다. 부담스럽지 않은 음역대와 부드러운 가사로 이루어진 〈얼굴〉은 학생들에게 인기가 좋았다. "맹물(생물) 선생이 무슨 시를 쓰냐"는 주위의 핀잔은 이로써 쑥 들어

갔다.

음악 교사 신귀복 선생은 학교 안팎으로 활동 영역이 넓었던 사람이었다. 초등학교부터 대학교까지 80개교가 넘는 교가를 지어주었으며, 자신의 이름을 건 가곡집을 내기도 했다. 영향력 있는 음악 교과서를 내었던 것도 물론이다. KBS 〈노래 고개 세 고개〉라는 라디오 프로에서는 11년간 심사위원을 맡았다. 당시 〈악보 보고 부르기〉 프로그램에서 기존에 알려지지 않은 참신한 노래를 사용하자는 의견에 신귀복은 〈얼굴〉을 내밀었다. 곡에 반한 사람들의 편지가 날아들었다. 악보를 원하는 사람들도 많았다. 작곡자는 날아드는 편지에 일일이 손편지로 답장을 해 주었다고 하는데 진짜였을까.

1974년, 윤연선은 무작정 동도중학교를 찾아가 신귀복 선생에게 〈얼굴〉을 주십사 간청한다. 허스키하나 진실한 음색에 신귀복 선생은 선뜻 악보를 건네주고, 〈얼굴〉은 가수의 인생도 바꾸어준다. 순식간에 전국의 애창곡이 되어버린 〈얼굴〉 때문에 윤연선은 슈퍼스타가 되었고, 실질적으로 가수 생활을 접은 후에도 히트곡 〈얼굴〉이 드라마의 배경 음악이나 라디오의 시그널 뮤직으로 사용되면서 내내 잊히지 않는 가

수로 남게 되었다. 윤연선이 가수를 접은 것은 '대중 가수'라며 결혼을 반대했던 약혼자 가족의 영향이 컸다. 떠나간 남자를 붙잡지 못하고 그녀는 조용히 살아간다. 무엇 때문인지, 알 수 없이 홀로, 홍대 앞에서 〈얼굴〉이라는 라이브 카페를 운영하면서. 셀 수 없을 정도로 여러 번 〈얼굴〉을 부르고 또 부르면서 그녀는 오십을 바라보는 나이를 맞았다. 그러나 인생은 알 수 없는 법, 이제는 간신히 잊은 줄 알았던 얼굴이 윤연선을 찾아온다. "아직도 미혼으로 혼자 살고 있다."라는 그녀의 근황을 실었던 한국일보 신문 기사 덕분이었다. 미워서 깊이 깊이 묻어 버린 그 남자의 얼굴을 보는 순간 아팠던 시간은 희미해졌다. 남자는 이미 오랫동안 홀로 살고 있었다. 그녀가 결혼해서 미국에 살고 있다는 잘못된 소문을 들어 그런 줄로 알고 있었다고. 자녀 하나가 윤연선과 다시 만날 것을 권했다고 한다. 2003년, 두 사람은 결혼한다. "참 이상해요. 옛날에도 아무 매력도 없이 밋밋하기만 한 저 사람한테 이상하게 이끌렸는데 다시 만난 지금도 마찬가지예요. 이상하게도 생년월일과 태어난 시까지 같아서일까요? '우리는 필연적으로 맺어져야 하는 사인가 보다.' 하고 생각했어요." 27년 만의 일이었다.

하인리히 포겔러Heinrich Vogeler, 1872~1942의 〈그리움〉은 〈얼

굴〉과 꼭 맞는 그림이 아닐까. 새파란 드레스를 입은 여자가 언덕에 올랐다. 오래 앉아있기 딱 좋은 돌 위에 자리를 잡고 앉는다. 드디어 홀로 있을 수 있는 장소다. 얼굴을 괴고 저 멀리를 바라본다. 아무도 없는 텅 빈 공간은 바로 그 사람을 그리워하기 꼭 알맞은 장소다. 못 만난 지 너무 오래되어 조금 희미해진 얼굴, 눈앞에 떠올리려면 집중력과 함께 약간의 시간이 필요하다. 여기라면 누구의 방해 없이 조용히 그 사람의 얼굴을 그릴 수 있다. 여자의 동그란 뒤통수와 동그랗게 틀어 올린 머리가 화면 중간에서 동그랗게 동그랗게 맴돈다. 여자의 얼굴과 표정이 드러나지 않았기에 관람자는 여자의 얼굴과 표정을 상상한다. 관람자의 기분과 생각, 다른 미감에 따라 새로운 여자의 얼굴이 창조된다. '저런 여자가 그리워하는 사람이라면 어떤 얼굴을 가진 사람일까?'라며 본인이 떠올린 여자의 얼굴에 따라 또 다른 얼굴을 그린다. 한 겹 더 상상하게 된다.

포겔러는 독일을 중심으로 전 세계를 누비며 활동한 건축가이자 화가, 일러스트레이터이며 동시에 사회주의자였던 작가다. 우리나라에는 초기 유겐트슈틸(Jugendstil, 19세기 말부터 독일에서 유행한 아르누보 양식)을 대표하는 작가로서, 주로 문학적 상상력과 상징성이 넘쳐흐르는 작품으로 알려져 있다. 그와 친근했던 릴케의 말에 의하면 당시 그의 습작기는 고달팠다고 한다. 다양한 미술을 경험했고 다양한 사회 현상을 겪었다. 화가는 유난히도 여러 번 먼 지역을 여행하는데 그가 사회주의자가 된 것은 아마도 이러한 배경 때문일 것이다.

포겔러는 불타는 사회주의 혁명가이기도 했지만 뜨거운 로맨티스트이기도 했으리라. 그의 표정 없이 아련한 그림들, 또 그림들이 그러한 내면을 반영한다. 그는 1894년 작센 주에 예술가 조직인 보르프스베데를 결성하고, 바로 다음 해인 1895년에는 바르켄호프 농장에 예술인 마을을 만든다. '예술가 마을 보르프스베데'라는 이름의 이곳은 포겔러의 이상이 머문 곳이었다. 〈그리움〉이 제작된 1898년이 이때다. 아내 마르타 포겔러와 함께 살던 시기, 모데르존 베커 부부 외 다른 예술가들과 꿈을 지어가던 때가 이때다. 왕성한 창작 활동 중이었고, 무엇보다도 기쁨과 안정의 시기였다.

화가는 피렌체에서 만난 릴케를 부른다. 1900년 8월 27일 릴케는 보르프스베데에 도착한다. 이미 루 살로메와의 사랑은 끝을 맺고 있었다. 상심했던 릴케는 보르프스베데에서 다시 일어섰다. 비록 타인의 아내이긴 했지만 파울라 모데르존 베커에게 연정을 느꼈고, 다시 누군가를 사랑할 수 있다는 확신을 얻었다. 그리고 같은 장소에서 클라라 베스트호프를 만나고 나중에는 결혼하게 된다. 릴케는 열정을 되찾고 포겔러와 보르프스베데의 화가들에 대해 글을 쓰기 시작한다. 릴케를 일으켜 세운 것은 포겔러였다. 새로운 인연을 맺어 준 것도 포겔러였다.

다시 그리운 음악으로 돌아가자. 〈얼굴〉은 자신을 부르는 이의 인연을 이어 주었다. 얼굴을 그리워하는 이의 마음을 어루만져 주었다. 윤연선은 말한다. "75년 발표한 노래 〈얼굴〉은 오랫동안 많은 사람의 사랑을 이뤄 줬어요. 작사가인 심봉석 씨도 진짜 얼굴의 주인공과 결혼했고, '얼굴이라는 노래 덕분에 결혼했다'며 카페로 찾아오는 사람들도 많았거든요. 도대체 내 사랑은 언제 이루어지나 했는데 드디어 저한테도 차례가 왔네요." 신비로운 사례를 더하자면 신귀복 교사는 〈얼굴〉이라는 노래를 좋아하는 것을 계기로 만나게 된 제자들의 결혼에 주례도 여러 번 섰다고 한다.

세상에는 염원이 담기는 장소나 시간, 물건이 있는 것이 아닐까. 소원이 이루어진다는 묵주 기도나 성스러운 눈물을 흘리는 성모상, 염원을 담아 쌓은 돌탑 같은 것이 있다지만, 이건 꼭 종교적인 신비만을 의미하지는 않는다. 바로 이 〈얼굴〉 같은 곡처럼. 어떤 방식으로나 사람의 마음이 담길 때 일은 이루어지고 귀한 물건이 만들어지는 것이 아닐까. 사람의 생애도 마찬가지다. 귀하게 여겨 간직한 마음이 그냥 허무하게 버려질 리는 없다. 마음이 머문 곳이라면 허투루 사라지지 않는다. 그렇게 짓밟히기에는 인간의 마음이 너무나 귀하다.

화가의 이 파아란 그림은 얼마나 깊은 그리움을 담고 있는가, 이 조용하고 서글픈, 겸손한 그림에 누구나 공감할 수 있는 이유는 누구에게나 꼭꼭 숨겨둔 그리움 한 조각이 없을 리 없기 때문이다. 마음이 담겼다면 놀라운 인생은 어떻게든 만들어진다. 가늘고 연약하게 이어지고 끝끝내 완성된다.

한편, 예상과는 다르게 나는 〈얼굴〉에 얽힌 이야기를 해주고 '고맙다'는 말은커녕 핀잔만 들었다. "저보고 그렇게 오래오래 기다리라고요? 언니 정말 나에게 너무하네요."

7

달 뜨면서
달뜬 밤

"두 사람만이 알겠지."

콘스탄틴 소모프, 〈밤의 만남〉, 캔버스에 유채, 크기 미상, 1920년대, 뮌헨 독일 예술의 전당
신윤복, 〈월하정인(月下情人)〉, 종이에 채색, 28.2×35.6cm, 18세기 후기, 간송미술문화재단

러시아 화가 콘스탄틴 소모프Konstantin Somov, 1869~1939에게
있어 '사랑의 정원'은 빼놓을 수 없는 그림의 주제다. 일찍이
프라고나르와 와토가 재현했던 프랑스의 로코코처럼 우아하
고 섬세한, 그러나 본능을 이길 수 없는 열정의 폭발이 바로
그 그림의 구석구석에서 펼쳐진다. (나는 한 번도 가본 적 없는)
대도시의 클럽이나 헌팅포차 같은 공개된 장소, TV 프로그
램에 단골처럼 나오는 유부남 유부녀 채팅방, 사랑의 비밀 클
럽 같은 비공개 장소에서 숱하게 일어난다는 애정 행각의 이
야기와 다를 것이 없다. 노골적이기 그지없는 것이 그 시대와
이 시대의 사랑인데, 이렇게 사랑에 자유로운 세상임에도 공
개할 수 없는 그런 관계들이 있다. 꼭 법률상 자유로운 사람과

자유롭지 못한 사람의 만남이어서는 아니다. 나이 때문일 수도 있고, 신분 때문이기도 하고, 또 다른 각자의 장애물 때문이기도 하다. 그게 무엇이든, 예나 지금이나, 누군가는 어두움을 틈타 비밀스럽게 체온을 맞잡곤 한다. 콘스탄틴 소모프의 정원 밖에 선 〈밤의 만남〉이 지극히 특별했던 이유다. 가면을 써도 다 알아볼 수 있는 얼굴에 화려한 헤어스타일, 사치스러운 옷차림으로 주인공에게 시선을 집중하는, 남녀의 애정행각을 환하게 까발리기 좋아하는 소모프가 이 그림에서는 머나먼 시선과 어두운 침묵을 지키며 둘의 비밀을 감추고 있다. 이 장소에서 밝디밝은 것은 초승달 하나뿐, 깊은 어둠 가운데 묵음으로 서로를 부르는 연인들. 비밀의 짙음만큼 달뜨고 서글프다.

정인情人이라는 단어가 좋다. '정이 통하는 사람'이라는 뜻이 은근하게 노골적으로 느껴진다. 단어에 온도가 있다면 '정인'은 37.0℃일 것이다. 인간의 체온보다 확실히 높지만 뜨겁지 않은, 적당히 '달뜬' 바로 그런 온도. 나는 저 차가운 그림 〈밤의 만남〉에서 바로 그런 달뜸을 느낀다. 두 사람은 어떤 관계인가, 애정을 이길 수 없는 둘임은 확실한데, 하필 둘은 밤을 틈타야 할 만큼 어떠한….

몸이 사랑의 숙주가 되면 이 몸의 세계가 요동친다. 약을 잘못 먹은 것처럼 통각에 변화가 오고, 체온이 달라지고, 심장 박동이 제멋대로 변한다. 앞서 말한 것처럼 뇌 신경물질 때문이라지만 과학이고 무엇이고, 기생당하는 사람 입장에서 사랑이란 황당하기 그지없는 폭군이다. 그러다 보니 JTBC 드라마 〈밀회〉에서처럼 밀회하지 않을 수 없는 밀회 사건이 일어나는 것이다. 주인공 오혜원처럼 재능, 재력, 외모, 사회적 지위, 거기에 필사의 노력까지… 인생 다 가진 것처럼 보이는 사람에게 꼭 하나 부족한 것이 사랑일 때가 의외로 많다. 그런 사람에게 일생에 한두 번 오는 사랑이 축복받지 못한 세상의 그림이기도 너무 쉽다.

혜원蕙園 신윤복申潤福, 1758~1814경의 〈월하정인月下情人〉 역시 그러한 그림이 아닐까. 제목만으로는 같은 혜원전신첩惠園傳神帖에 실린 〈월야밀회月夜密會〉가 훨씬 비밀스럽지만, '밀회'가 지닌 비밀스러움과 슬픔은 인물의 모습도 옷의 색상도 야단스러운 〈월야밀회〉보다 절제된 몸짓과 고상한 색채의 〈월하정인〉 쪽이 더 깊고 아련하지 않은가. 자정에 가까운 깊고 깊은 여름밤에 그려졌다는 이 그림은, 후미진 담벼락 구석만큼이나 서럽고, 서러운 만큼 뜨겁다. 가는 밤을 붙잡을 수 없기에 축복된 밝은 낮에 만날 수 없기에, 달 뜨면서 달뜬 이 밤에. 두 사람은 만단정회萬端情懷를 나누고도 수이 떨어지지 못해 함께 총총히, 조용히 발 디디며 어딘가로 흘러간다. 제발 이 밤의 허리를 매어둘 수 있기를 바라며.

신윤복은 그림의 중심부에 떡하니 화제畵題를 적어두었다. "밤은 침침한 삼경인데 두 사람 마음은 두 사람만이 알겠지月沈沈夜三更 兩人心事兩人知. 월침침야삼경 양인심사양인지." 비밀이어야 하는 마음이니 쓰는 이가 모르는 것은 당연한데, '마음으로 정情한 사람'이라면 둘의 온도가 꼭 같았을 것은 분명하다. 이토록 달 뜨면서 달뜬 밤이라면.

3장

사랑의 민낯

1

같은 감정 두 개가
맞닿을 때

"세상에서 가장 차가운 것도 인간의 마음이지만
세상에서 가장 뜨거운 것도 인간의 마음이다.
이 간극이 형언할 수 없는 세계를 여닫는다."

에밀 놀데, 〈붉은 구름〉, 종이에 수채, 34.5×44.7cm, 1927?, 티쎈보르네미싸 미술관

'서로가 한눈에 알아보는 순간'을 굳게 믿는 사람들이 있
다. 정말로 만나면 한눈에 알아본 경험이 우리에게는 여러 번
있었다. 일단 만나기만 하면 눈을 뗄 수가 없이 그를 탐구하고
그를 속속들이 이해했던 경험. 그리고 대부분의 경우 서로에
게 다가가고 싶고, 서로에게 닿고 싶고, 서로에게 얽히고 싶은,
그런 경험을 해 온 사람들이 바로 우리 족속이다. 나는 누군가
가 나를 알아보는 순간을, 내가 누군가를 알아보는 순간의 감
각을 모르는 척하지 않는다. 마치 거울처럼, 그 안의 빛나는 감
정 면과 내 안의 빛나는 감정 면들이 마주 보았을 때 반사되는
강력한 빛의 효과. 서로 안에 있는 다른 입자들이 발견되는 순
간. 아마 김춘수는 이런 순간을 "내가 그의 이름을 불러 주었

을 때"라고 이야기했을 것이다.

마치 거울을 보는 것처럼 두 개의 마음은 닮았다. 아니, 서로의 마음이 거울이 되어 비치는 환영이 같은 모양, 같은 마음이 된다. 이 마음의 모양을 본다면 그 누가 매혹되지 않겠는가. 나는 나를 많이 사랑하나 보다. 나를 너무 좋아해서 나와 닮은 사람을 사랑하지 않을 수 없는 거지. 심리학에서도 '자기애적 전이Narcissistic Transference'라 하여 이런 감정을 설명하는 용어가 있다고 한다. 나는 나와 심장 박동수가 같은 사람을 사랑한다. 사랑의 스펙트럼은 너무 넓어서, 그 모든 것을 뭉뚱그려 '사랑'이라 말하기에는 각자의 사랑이 너무 다른 색이다. 자기 사랑이 어느 위치에 있는지 파악부터 하고, 나와 최대한 비슷한 자리에 있는 사람을 알아보는 어려운 일. 이것이 만 번을 헤어져서라도 나와 꼭 맞는 사람을 찾아내는 일이다. 각자가 가진 진실이 닮은 사람을 만날 때, 마음과 마음 사이에 가끔 일어나는 스파크는 경험해 본 사람만이 안다.

나는 언제나 두 개의 진실이 같을 수 없다고 생각한다. 발터 벤야민을 빌려 원본과 복제의 이야기를 하려는 것도, 아도르노를 빌려 원작의 가치를 이야기하려는 것도 아니다. 두 개는 모두 진실이지만 두 진실의 무게는 다를 수 있으며, 두 개

모두 진실이지만 다른 각도에서 접근하기에 다른 모양을 보일 수 있다는 것이다. 그래서 두 모양이 비슷하다는 데에도 큰 가치가 있다 믿는다. 적어도 두 번째 진실은 첫 번째 진실을 닮으려고 무한히 애를 썼다는 증거의 발현이므로. 진본을 닮았기에 그림자로서 충분한 의미가 있다. 무게감은 달라도 의미는 닮을 수 있다. '짝퉁'이어도 '진퉁'만큼 아름답다.

독일의 표현주의 화가 에밀 놀데Emil Nolde, 1867~1956의 그림, 〈붉은 구름〉을 본다. 잔잔한 바다 위로 성난 동물처럼 꿈틀거리는 붉은 구름을. 이 구름은 하늘을 거센 곡선으로 가로지르고 바다는 이 곡선을 그대로 비추어 대칭을 이룬다. 하늘이 확장되면 바다도 확장된다. 한때 얼음처럼 차가웠던 하늘과 바다는 더 이상 차갑지 않다. 이제는 위아래로 마주 보며 움직일 수밖에 없다. 하늘의 붉음이 소리를 지르면 바다의 붉음도 따라서 소리를 지른다. 어찌나 진지하고 재빠르게 따라가는지 둘은 같은 감정으로 하나가 된다. 결국 맞닿게 될 때 둘은 빠른 속도로 함께 뜨거워지고 함께 차가워진다. 거울 면 같은 하늘과 바다 사이 두 개의 배가 나란히 노닌다. 그들 역시 같은 마음으로 하나 되었음이 틀림없다, 색채도 형태도 이렇게 닮아가고 있으니. 관람자가 붉은 온도를 느끼지 못할 리가 없다.

놀데는 바다를 사랑했다. 세찬 바람과 거친 파도는 그가 원하는 영혼의 생명력과 같았다. 자주 바닷가에 나가 바람을 맞고 바다를 끌어안곤 했다. 생명처럼 형태가 번지고 색채는 꽃처럼 피어난다. 놀데의 영혼은 우리의 눈앞에서 이루어졌다. 놀데에게 색은 특별했다. 화가의 심장 안쪽에 자리한 미지의 샘, 분명 이곳은 심연深淵이다. 거기서 폭포수처럼 터져 나오는 정열과 영혼, 종교성을 표현하고 싶은 이것은 본능과도 같았다. 기독교의 도상을 넘어선 화가의 종교화는 독특했다. 화가는 이성을 배제하고 화폭에 달려들었다. 색이 쏟아졌다. 화가는 이미 유럽 유학에서 인상주의 그림에 푹 젖었으며 그 중에서도 인상주의의 아버지 마네와 후기 인상주의자 고흐가 드러내는 색의 강렬함을 특별히 기억했다.

강력한 힘, 거짓 없는 순수성을 발현하는 원시성이야말로 그가 표현하기를 원하는 생명력이었다고 놀데는 믿었다. 단순함이 전하는 극적인 효과, 표현적인 전달력은 인간의 허물을 벗겨 버렸다. 화가는 이에 힘입어 형태들을 단순화했고, 분해했으며, 색채와 통합했다. 윤곽선 없는 색의 소용돌이가 화면의 볼륨을 밟아 버린다. 물감은 색이면서 물질로 발현되어 미묘한 분위기를 만든다. 마치 고흐가 그랬던 것처럼 물질에 화가의 영혼을 담은 것이다. "그림은 영적입니다, 화가의 영혼은 그 안에 삽니다." 놀데가 표현한 모든 사물과 동물, 식물, 인물은 놀데의 영혼이며 놀데의 육체였다. 이렇게 사물을 바라보는 놀데만의 방식을 'Noldean Way'라고 부른다.

〈붉은 구름〉은 놀데 특유의 강렬한 색채를 극명히 드러내며, 수채화 물감의 특징을 활용해 통제할 수 없는 우연을 효과적으로 나타냈다. 색채는 상징적이다. '감정感情' 그 이상도 이하도 아닌 감정, 화가는 자기 심장을 쏟아내듯 물감을 쏟아낸다. 자연의 강도로 가장 강력한 감각을 표현한다. 놀데는 격한 마음을 이 그림 한 장에만 담을 수 없었다. 아주 여러 장의 바다 그림을 남길 수밖에 없었다.

우리는 때때로 누군가를 바라본다. 그를 닮고 싶어서, 너무나 닮고 싶어서. 그를 바라보다가 마침내 사랑하게 된다. 두 감정이 어느새 닮아 버려 같은 크기가 될 때 사랑은 증폭된다. 우리는 닮은 이가 되며, 동등해진다.

같은 감정 두 개가 맞닿을 때 어떤 일이 일어나는가, 힘이 작용한다. 공간은 두 배로 확장된다. 아니, 두 배의 높이와 깊이로 확장되므로 그 높낮이를 가늠할 수 없다. 마음은 끝이 없다. 이치도 장소도 알 수 없는 근원에서 가뭄 없이 쏟아져 나온다. 생명이 존재하는 한 마음은 사라지지 않는다. 세상에서 가장 차가운 것도 인간의 마음이지만 세상에서 가장 뜨거운 것도 인간의 마음이다. 이 간극이 형언할 수 없는 세계를 여닫는다. 놀데의 그림과도 같은 세계는 오직 감정으로 열리는 것이다. 마음을 열고 누군가를 바라볼 때, 마음은 이 세계를 볼 수 있다. 하늘과 바다로 열리는 거울 같은 세계. 중심이 여는 놀라움은 이렇게나 높고도 깊다.

마음과 마음의 문제에서 무엇보다 본능과 직관을 믿는다. 만나는 순간 저쪽 마음과 이쪽 마음에 버튼이 작동하는 게 분명하다. 찜질기 온도가 올라가듯, 인덕션에 불이 들어오듯. 양쪽 버튼을 함께 누르면 어느덧 공평하게 따뜻하다. 깊은 사랑의 대상이 아닌 얕게 스치는 인연이라도, 누가 내게 따뜻한 사람이 되어 줄지 첫눈에 알게 된다. 한 번도 틀린 적이 없었다.

2

눈물 자국을
읽어 내는 사랑

"한 사람의 젖어가는 눈동자를 /
한 사람이 어떻게 떠올리는지 모르지만 /
사람들은 사랑한다고 말한다."

윌리엄 에티, 〈마드모아젤 라쉘의 초상〉, 두꺼운 종이에 유채,
61.5×46cm, 1841~1845, 요크 뮤지엄 트러스트

우연히 스치듯 본 그림에 마음을 빼앗겼다. 윌리엄 에티 William Etty, 1787~1849의 〈마드모아젤 라쉘의 초상〉, 허공을 보는 듯한 검은 눈의 여자, Snow White(백설공주)가 연상되는 창백한 피부에 검은 머리카락. 무엇보다 여자를 둘러싼 공기에 호소력이 있었다. 단 한 번 보았을 뿐인데 영영 잊히지 않을 여운을 남겼다.

마드모아젤 라쉘로 알려진 엘리자 라쉘 펠릭스는 프랑스의 영향력 있는 배우였다. 유대계 장돌뱅이의 딸이었던 엘리자는 일찍이 사람들의 마음을 빼앗는 법을 배웠다. 거리에서 살아남기 위해서였다. 네 명의 다른 누이와 한 명의 형제 사이에서 살아남는 법 역시 마찬가지였을 것이다. 거리에서 노래를 부르고 시를 외우고 춤을 추던 엘리자는 배우가 되고 싶었다. 어떻게든 파리로 가겠다고 결심했다. 우여곡절 끝에 파리에서 음악을 배우고 연기를 배워 1837년, 16세의 나이로 데뷔했다. 엘리자는 '마드모아젤 라셸'로 다시 태어났다. 그녀는 표현력, 연기력, 진지함 그 어느 것에서도 흠잡을 데 없었다. 라셸은 승승장구했다. 특히 고전 비극을 연기하면서 그녀는 비운의 배우로 자리매김했다.

매력은 권력이다. 사람들의 마음을 쥐고 흔드는 것이 권력이라면 라셸은 당시 사교 권력의 정점에 있는 배우였다. 요즘으로 치면 할리우드 스타급이라고 해야 할까. 라셸은 나폴레옹 3세를 비롯한 당대의 권력자와 숱한 연애 관계를 가졌고 아버지가 다른 아이들도 낳았다. 스캔들은 끝없이 타올랐으나 사람들은 여전히 이 대배우를 사랑했다. 일반인들이 그럴진대 아름다움을 더욱 사랑하는 화가라면 어땠을까, 이 매혹적인 배우를 어떻게든 그리고자 했을 것이다. 그리고 운 좋은 화가 윌리엄 에티에게 기회가 왔다.

1841년, 라셸은 런던 공연 때문에 초긴장 상태였다. 이 공연 이후 라셸의 명성은 전 유럽으로 퍼져 나갔다고 한다. 진정 그날은 중요한 기회였던 것이다. 물론 라셸에게만 기회가 아니었다. 영국의 화가 에티에게도 기회였다. 그녀의 해외 공연 중 시어터 로열의 매니저였던 윌리엄 맥레디의 도움으로 에티는 라쉘을 만났다. 잠시 이루어진 두 사람의 만남은 순간이었지만 순간으로 끝나지 않았다. 대배우는 수줍음 많은 에티에게 그다지 관심이 없었고 너무나 바빴으며 당시 공연하던 역할에 푹 빠져 있었다. 윌리엄 에티는 시선을 주지도 않는 배우를 간절히 바라보았고 그에게 와 닿은 것을 종이 위에 옮겼다. 순식간이었으나 그림은 잠시에 머물지 않았다. 그림은 미완성이었으나 그림에 담긴 영혼은 미완성이 아니었다.

세계 어디에서나 인물을 잘 그리는 화가는 빠르게 실력을 인정받는다. 윌리엄 에티는 생생한 인물 초상과 누드화에 뛰어나 명성을 얻었다. 화가는 가난의 둥지에서 태어났다. 아이 일곱을 키우느라 부모는 에티를 보살피지 못했고, 아이는 홀로 낙서를 하면서 외로움을 달랬다. 화가로서의 재능은 11세에 출판소의 도제로 들어가면서 꽃피는데, 견습공이었던 에티는 고된 일이 끝나면 홀로 그림을 그리거나 책을 읽었다. 1807년, 로열 아카데미의 학생이 된 에티는 과거의 슬픔을 덮을 수 있으리라 생각했다. 생생한 색채의 활용과 인물의 아름다움을 표현하는 데 매진했다. 물론 그는 오래 고생했다. 에티가 화가로서 인기를 얻기까지는 조금 더 시간이 필요했다.

고대하던 성공이 찾아왔지만 사회성이 능숙하지 못한 탓에 에티는 어딜 가나 환영받기 어려웠다. 에로스가 폭발하는 관능적인 그림 때문에도 구설수에 올랐다. 그저 홀로 지내기로 결정했다. 외부활동도 거의 안 하고 친구를 사귀는 것도 기대하지 않았다. 연애도 사랑도 번번이 실패하고 결국 결혼하지 않았다. 외롭고 쓸쓸했던 화가는 오직 그림으로만 세상과 조우했다. 그리고 또 그렸다. 할 수 있는 것은 그림뿐이었으니 어쩔 도리가 없었다.

에스키스(Esquisse: 그림의 스케치 단계, 초벌 그림)와 다름없는 이 그림에서도 화가의 특기는 눈에 띈다. 마드모아젤 라셀을 그리는 데 집중한 얼굴 살결이 놀랍도록 팽팽하고 매끄럽다. 얇은 붓질이 그대로 보이면서 종이 질감을 그대로 드러낸 주위 부분과 확실히 차이가 난다. 무엇보다 생생한 것은 라셀의 생생한 눈길과 검은 눈동자, 눈썹, 그리고 그리스 조각처럼 단정한 콧날과 입술의 선이다. 비극을 연기하는 데 특출났던 대배우의 얼굴은 밀로의 비너스처럼 곧고 매끈하다.

시간이라는 한계 앞에 서면 선택과 집중이 필요하다. 대배우 앞에 선 화가는 자신에게 허락된 짧은 시간에 그녀의 정수를 그려야 했다. 화가가 놓칠 수 없었던 것은 '비운의 배우'라 불리던 라쉘의 슬픔이었다.

내가 이 초상화에 마음을 빼앗긴 것은 얕게 비친 눈물 자국 때문이었다. 라쉘을 바라보던 에티를 그리다 보면 황학주 시인의 〈얼어붙은 시〉가 떠오른다.

한 사람의 젖어가는 눈동자를
한 사람이 어떻게 떠올리는지 모르지만
사람들은 사랑한다고 말한다
_황학주, 〈얼어붙은 시〉, 《사랑할 때와 죽을 때》, 창비, 2014

누군가의 보이지 않는 눈물 자국을 읽어 내는 사람이 있다. 그 사람을 사랑하는 사람이다. 스치듯 혹은 지그시 그를 바라보다가 눈물 자국을 인지한다. 같은 색깔의 눈물이 가슴에 젖는다.

사랑은 상대의 슬픔을, 그 깊은 곳의 아픔을 그대로 바라보는 일이다. 마음에는 깊고 어두운 우물이 있고, 우물 바닥에는 감추어둔 아픔이 켜켜이 쌓여있다. 이 검은 물이 휘몰아칠 때 올라오는 슬픔과 아픔, 우습게도 이 우물을 뒤흔드는 것은 사랑이기도 하다. 사랑의 뒤편이 암흑이라고 해도 다름없다. 사랑이 왔을 때 왜 우리는 두려움을 느끼는가. 분노와 질투, 갈등을 감당하지 못하기 때문이다. 늘 손쉽게 감추어 왔던 감정을 누군가에게 감추지 못하기 때문에. 이때 상대는 당혹스러워하고, 감정을 노출한 본인은 더 당혹스럽다. 어쩔 줄 몰라 혼란스러워하다가 도망가기도 한다. 그때 사랑하는 사람은 무엇을 어떻게 해야 하는가? 함께 쩔쩔매는 것이 보통이지만, 어떤 사람은 그 슬픔의 반동을 오롯이 끌어안는다. '당신의 슬픔이니까, 나도 함께 겪어 줄게요. 내가 품어 줄게요.' 하면서 담담히 기다려 준다. 사랑이 '치유'가 되는 경험은 이때다. 상대방에게서 완전한 수용을 얻는다는 확신, 내 상처를 내보여도 상대가 돌아서지 않을 것이라는 확신. 그 사람이 나를 오래 기다려줄 때, 내가 노력하는 한 다시 실수하더라도 기회를 줄 거라는 확신이 생길 때, 깊은 상처에 새살이 돋는다. 생채기투성이라도 상대를 사랑할 수 있을 것이라는 용기를 얻는다.

잊지 말아야 할 것은, 이 모든 위험한 감정보다 사랑이 훨씬 크고 강하다는 믿음이다. 우리는 쉽게 누군가의 반짝임에 마음을 빼앗긴다. 저 찬란함에 안기고 싶어 한다. 그러나 겉모습으로 누군가를 사랑한다면 필패^{必敗}다. 누구든 잘 꾸민 겉모습으로 감춘 마음 안쪽이 떳떳하지 않으므로. 감추고 싶어 전전긍긍하는 모습이 누구에게나 있으므로. 보이지 않는 두려움이 클수록 보이는 겉모습을 치장하는 데 매진한다. 누구에게나 보이지 않는 눈물 자국이 있다. 사랑한다면 상대의 슬픔을 볼 수 있어야 한다. 내가 바랐던 그 사람의 밝은 웃음과 다르더라도 일순 놀랄지언정 외면하지 말아야 한다. 사랑이 이해라면 이해의 시작은 여기서부터다. 어쩌면, 차가운 이성과 따뜻한 감성 모두로 갱신하고 또 갱신해야 하는 이해는 뜨거운 사랑보다 더 어려울지도 모른다. 그래서 사랑은 성숙한 사람만이 할 수 있다. 상대의 슬픔을 품고 다독일 수 있는 그릇을 만들어야 하기에 그렇다. 사랑은 그렇게 시간을 먹는다. 아무리 나이가 들어도 사람은 사랑을 한다. 죽을 때까지 사랑만큼은 하게 된다. 그러니 사랑을 위해 성숙할 기회는 목숨의 길이만큼 여럿 주어진다. 마음을 물리적 나이로 셀 수 없으므로 이때 사랑만큼은 영생이다. 한편 누군가의 아픔을 품어 주면서 우리는 스스로의 아픔도 품게 된다. 누군가를 사랑하면서 우리는 스스로를 사랑한다.

사랑이 기적이라는 말이 진실이라면 이것이다.

3

A가
X에게

"사랑이 불가능한 처참한 현실에서
'그 사람'이 존재하기에 우리는 기꺼이 살아간다."

장-시메옹 샤르댕, 〈유리잔과 단지〉, 캔버스에 유채, 32.5×41cm, 1760, 카네기 미술관

갑작스러운 교통사고로 인해 오랫동안 혼수상태로 있다 깨어난 X, 그는 모든 것을 잃었음을 발견했다. 직장도, 집도, 가족도. 남자는 눈을 뜨지 않기를 바랐다.

꽃 같은 나이부터 십여 년의 투병 생활을 하고 있는 A, 그녀는 모든 것을 포기한 지 오래되었다. 건강도, 학업도, 돈도, 행복도. 여자는 눈을 질끈 감았다.

허름하고 단단한 단지 같은 남자와 위태로운 유리컵 같은 여자가 암흑 가운데 서로를 발견했다. 희망 없는 세상에서 한 줌 빛 같은 사랑이 손을 내밀었다. 어둠 가운데 사랑은 손을 잡고 침묵한다. 이렇게 어둠으로 젖어드는 유일한 그림 한 장 같은 인생이라면 무슨 파격과 명성을 바라겠는가. 어둠은 눈을 뜨고 '아름답다'고 조용히 고백한다. 나는 오랫동안 두 사람을 알아 왔다. 두 사람이 어떤 그림 같은지 내내 보아 경험했다. 슬픈 남자와 연약한 여자가 만나면 조용하고 따뜻한 공간이 피어난다. 존재와 존재만으로, 그렇게 달라지는 공기가 있다. 사랑의 이름을 가진 것은 그렇게도 자기를 드러낸다.

마음이 시끄러울 때면 샤르댕Jean-Baptiste-Siméon Chardin, 1699~1779의 정물화를 본다. 아픔이 들려 올 때도 샤르댕의 정물화를 찾는다. 나에게 샤르댕의 정물화는 낮은 곳에 걸린 일종의 종교화다. 그림 한 장이 생활을 경건하게 한다. 그는 정물화를 하나의 장르로 독립시켜 '정물화의 시조'로 통하는 화가, 18세기 프랑스, 페트 갈랑트(Fête galante, '우아한 연회'라는 의미로 로코코 미술을 관통하는 감각적이고 쾌락적인 예술 주제)로 가득하던 로코코 시대에 심성을 다스리는 단정한 정물화를 그린 화가다.

'정물화의 아버지' 장 바티스트 시메옹 샤르댕은 소박한 서민의 부엌 풍경과 그곳에 굴러다니는 식재료, 주방 도구들을 좋아했다. 영웅의 모습과 종교적 웅장함을 담은 역사화가

주류를 이루던 시기, 출세와는 거리가 먼 장르를 그는 기꺼이 선택하고 사랑했다. 사람과 사물의 성실한 마음을 사랑했다. 그는 첫 번째 아내를 잃고 재혼할 때까지 홀로 아이들을 키우며 살림을 했다고 한다. 자연히 검소한 삶을 추구하며 일상을 간절히 살피게 되었을 것이다. 1720년대에 이르러 그만의 단단한 정물화가 속속 등장한다. 그는 놀랍게도 1728년에 가오리를 그린 거대 정물화로 왕립아카데미 회원이 되었다. 역사 정신을 담은 그림과 생동감 넘치는 화려 귀족 그림만 중시하던 시대에 죽어있는 사물을 그린 그림이 정식으로 인정받다니. 그는 '동물과 과일에 재능 있는 화가'라는 별명을 얻는다. 샤르댕의 노력과 정성이 큰 빛을 보기 시작한 것. 샤르댕은 후대 화가에도 영향을 미쳤다. 〈가오리〉는 이후에도 세잔과 마티스의 그림으로 재탄생하기도 했고, 마네와 샤임 수틴도 이 작품을 빌려 와 그림을 그렸다.

샤르댕은 정물 안에 애정을 담았다. 단정한 붓질, 따뜻한 색채 그 모든 것이 일상을 사랑한 그의 손에서 흘러나왔다. 샤르댕은 대상을 오래오래 관찰했다. 가장 조화로운 모습으로 화면을 구성하려고 몇 번이고 대상을 매만졌다. 빛과 그림자의 강약과 아련함을 옮겨왔다. 마티스는 샤르댕을 '사물의 감정을 그리는 화가'라고 말한다. 감정은, 쉽게 휘발되어 버리기 마련이다. 그래서 감정을 담으려면 오랜 시간을 들여 붙잡고 또 붙잡아야 한다. 감정을 담은 그림은 차가울 수 없다. 샤르댕의 그림에서만 드러나는 온도는 그의 성심 때문이다.

만약 내가 샤르댕을 주제로 글을 쓴다면 샤르댕의 정물이 인물 같다 주장할 것이다. 정물 하나하나가 살아있는 인물처럼 고상하기 때문이다. 샤르댕의 그림은 생이 머무는 것처럼 단단하다. 단 하나도 흐물거리는 사물이 없다. 사물이나 사람의 귀천은 외모로 정해지는 것이 아니다. 누가 그를 빚었느냐, 그 안에 무엇이 담겨 있느냐로 정해진다. 그래서 이 정물화는 특별하다. 사람이 멈추어 정물이 된 것 같다.

삶이 아무리 어두워도 아름다움의 본질을 가릴 순 없다. 모든 사물이 아름다울진대 어찌 그보다 귀한 사람이 아름답지 않겠는가. 샤르댕의 그림을 보라, 빛 한 줌이면 아름다움은 충분히 제 존재를 주장한다. 숨 막히는 어둠의 시간이 흘러가면 숨길이 열리고, 눈이 열리면 기적처럼 투명한 빛이 보인다. 아픔이 짙은 사람에게는 어둠마저 경건함이 된다. 어둠마저 사랑의 근원이 된다.

가끔, 가난과 질병, 천재天災와 지변地變의 최악의 상황에서 사랑할 수 없지만 사랑하는 사랑을 본다. 그 사랑에 사로잡힌 이들을 본다. 남자와 여자, 혹은 여자와 여자, 남자와 남자. 그들이 누구든 이 사랑은 불가사의하다. 어려운 사랑이면서 진짜 사랑이다. 단단한 사랑이다.

세상에 사랑은 흔하고 흔하지만 여간 끊어지지 않는 사랑은 드물다. 너무 많은 사랑이 조건에 매였다. 흔한 세상의 말, 말, 말들. '감정은 변하지만 조건은 변하지 않는다'고 충고하는 사람들을 앞에 두고 가끔 생각한다. 그럼 최악의 조건에 발목이 묶인 수많은 사람은 어떻게 사랑하게 되는 걸까? 내가 아는 사랑은 시궁창에서도 자라나는 것인데. 상대의 외모를 보고 경제력을 보고 사랑하는 사람들의 생활 조건이 바뀌면 그들은 그들이 믿는 사랑을 계속할 수 있을까?

존 버거의 소설,《A가 X에게》는 내가 아는 한 최악의 상황에서 가장 기적 같은 사랑을 하는 이들의 이야기다. 이중종신형을 받아 감옥에 간 테러리스트 사비에르와 그를 기다리는 약제사 아이다. 이 소설은 아이다가 사비에르에게 보낸 편지글을 엮은 소설이다. 볼 수도 없고 만질 수도 없고, 한편 만날 기약조차 없는 남자와 여자. 심지어 두 사람은 '결혼하지 않았기 때문에' 면회조차 불가능했고, 여자는 그 남자의 편지를 받을 수도 없었다. 남자는 여자에게 편지를 보낼 수 없었기 때문에, 그저 편지 뒷면에 메모를 남길 수밖에 없었다. 볼 수도 없고 만날 수도 없는데 이 사랑은 어떻게 가능한 것인가?

아이다는 말한다. 당신을 만날 기약은 없지만 당신은 존재하고 있다고. 시간은 존재를 결코 가릴 수 없다고.

> "기대는 몸이 하는 거고 희망은 영혼이 하는 거였어요. 몸이 하는 기대도 그 어떤 희망만큼 오래 지속될 수 있어요."
>
> _존 버거, 《A가 X에게》, 열화당, 2009, p.41

한편 내가 아는 또 다른 사랑, 사비에르와 아이다의 미래였으면 하는 또 다른 연인을 기억한다. 김대중 전 대통령과 이희호 여사. 결혼식을 올리고 고작 열흘 후 차가운 감옥에 갇혀야만 했던 정치인 남편과 같은 고통을 겪으려 어두운 냉골에서 기도만 올리던 아내. 기약 없는 수감 생활 중에서 한 달에 한 번 집으로 보낼 수 있는 작은 엽서 한 장에 "존경하고 사랑하는 당신에게"로 시작한 1만 4천 자의 글을 쓰던 남편과 그 한 장을 기다리며 거의 매일 편지를 쓰고 "당신을 사랑하는 희호"라고 끝맺음하던 아내는 6년여의 암흑 끝에 살을 맞대고야 만다.

김대중 전 대통령이 생의 마지막을 예감하며 "인생은 생각할수록 아름답고, 역사는 앞으로 발전한다"고 말했던 찬란한 고난의 인생에 만약 그 사랑이 없었다면 "인생은 생각할수록 아름답다"는 문장은 존재하지 않았으리라. 남편은 확실히 말했으니까, "나는 늘 아내에게 버림받을까 봐 나 자신의 정치적 지조를 바꿀 수 없었다"고.

대체 사랑은 무엇인가? 무엇이기에 이리도 강한가, 무엇이기에 이리도 쉽게 무너지는가?

나는 아무리 생각해도 모르겠다. 다만 '그럼에도 불구하고' 사랑에 온몸을 던진 사람들. 도저히 사랑할 수 없는 상황에서 사랑하게 된 사람들을 믿는다. 내가 아는 A 언니와 X 오빠 같은 그들을. 그들에게 나는 기적이라는 이름을 붙이고 나름의 축복을 던진다. "그들이 죽었든 살아 있든, 신께서 그들을 지켜 주시기를 바란다"는 존 버거의 기도를 함께한다. A와 X를 떠올리며 진심으로, 그들의 사랑이 안전하기를 바란다.

샤르댕의 그림 앞에 마음을 내려놓은 오늘도 A 언니와 X 오빠를 생각한다. 사람과 사람이 만드는 그림 같은 모습과 사랑 같은 그림을 생각한다. 불가능한 시간과 조건은 어찌하든 삶의 지배 아래 있고, 목숨만 붙어 있으면 삶은 꼭 집어 사랑으로 결국 인간을 빛나게 한다. 사랑이 불가능한 처참한 현실에서 '그 사람'이 존재하기에 우리는 기꺼이 살아간다. 사랑이 살아 있어서 우리는 결국 행복하다. 그러하니 삶에 시간을 더하면 너무나도 사랑이다. 끝내 부는 안 와도 건강은 안 와도, 살아만 있으면 그 누구에게라도 사랑만은 찾아온다. 결국, 결국 찾아오고야 만다.

4

이상적인
연인이란

"'결혼은 사랑하는 두 사람이 삶을 나란히 살아가기로 결정하는 것'이며,
'각자의 꿈과 야망을 포기하지 않는 것'"

앙리 루소, 〈카니발 저녁〉, 캔버스에 유채, 117.3×89.5cm, 1886, 필라델피아 미술관

"세계 최고의 남편은 누구인가?"

나는 버락 오바마 전 미국 대통령이라고 생각한다. 물론 권력, 지식, 재력 모든 면을 다 갖춘 세계 최강대국의 수장이기에 당연하다고 생각할 수 있지만, 버락 오바마가 대통령으로서 내게 특별한 이유는 파트너십 때문이다.

대통령의 여자 파트너를 '퍼스트레이디the First Lady'라고 한다. 대표성을 가진 여성이라는 의미다. 역사적으로 여성은 남성에게 종속되어 있었기에 권력자의 아내는 여성이 가질 수 있는 최고 위치였다. 남녀평등의 시대라고 하지만 지금까지도 여성 대통령의 존재는 세계를 통틀어 희귀하다(진보의 상징 같은 미국에서조차 백인 여성 투표권보다 유색인종 남성 투표권이 먼저 주어졌다). 아직도 미국에서는 여성 대통령의 등장이 요원하다. 이런 것을 고려했을 때 미국의 퍼스트레이디는 세계의 여성들에게 모델이 되는 위치다. 세계 여성들이 지켜보는 가운데 백악관의 다정다감한 안주인 역할에서부터, 절도 있는 정치적 대변인, 아름답고 화려한 미디어 셀러브리티의 역할을 한다. 그녀를 보며 여자들은 제 나름 '이상적인 여성'이 되겠다는 꿈을 꿀 수 있다.

대부분의 퍼스트레이디가 남편의 그늘에서 전통적 아내 역할을 따랐다면 미셸 오바마는 색다른 모습으로 양지에 나섰다. 물론 미셸이라고 편견의 압박에 시달리지 않았던 건 아니다. 2018년 출간한 자서전에 "오바마 부인이라는 사실이 나를 위축시켰다. 나는 남편을 통해 존재가 정의되는 여자가 된 것 같았다"고 고백할 정도로 그녀 역시 혼란했다. 그래도 그녀는 '오바마의 여자'이기보다 인간 미셸 라본이어야 했다. 공적인 자리에서 부끄러움을 방패로 뒤로 빠지지 않았고, 어디에서나 남편과의 균형 있는 애정을 감추지 않았으며, 특기인 유머와 패션 감각을 적극 활용했다. 동화 구연을 하거나 랩을 하거나 춤을 추는 등 필요하다고 판단되면 주저 없이 앞에 나섰다. 정열 담은 스피킹 능력을 적재적소에 사용했다.

"딸들에게 늘 말하듯이 우리 여자들도 뭐든지 할 수 있습니다. 여성이 성취할 수 있는 것은 무한합니다."라는 말로 여성의 권리가 자라나야 함을 이야기했다. 직접 현장에 나서서 몇 번이고 말하고 격려했다. 인류의 절반을 차지할 정도로 너무 많은 숫자라서 오히려 간과해 버리는, 평등의 휘장 아래 가려진 여성의 차별적 현실을 놓치지 않았다. "내가 만약 여러분 나이에 누가 날 좋아하고 귀엽다고 생각하는지에 집착했다면 아마 오늘 미국 대통령 배우자는 못 됐을 것"이라며 남성이라는 타인을 통해 여성성을 확인하지 말고 자신으로서 정진하라고 설득했다. 건강과 체력을 과시함과 동시에, 지성과 감성을 균형 있게 사용할 줄 알았다. 가끔은 다정다감한 내조자 역할도 내비쳤으니 미셸 오바마의 변신에는 한계가 없었다.

그뿐인가, 이 커플의 탁월한 점은 남자 쪽에도 있다. 버락 오바마는 공적인 자리 어디에서나 미셸 오바마를 최고의 존경으로 대했고, 아내가 본인보다 나은 능력을 가졌음을 스스럼없이 밝혔다. 남편은 한 번도 아내의 역량을 의심하지 않았다. "걱정 마, 당신은 할 수 있어, 우리는 어떻게든 해낼 거야."가 버락의 한결같은 격려였다. 미셸 오바마의 자서전 《비커밍》에 의하면 버락의 결혼관은 '결혼은 사랑하는 두 사람이 삶을 나란히 살아가기로 결정하는 것'이며, '각자의 꿈과 야망을 포기하지 않는 것'이었다고 한다. 버락에게는 권력과 재력을 가진 사람이 배우자를 선택할 때, 아니 '고를' 때 보이는 실망스러운 모습이 드러나지 않는다.

너무 많은 사람이 그렇게 배우자를 선택한다. 자신의 사회적 성공을 돕는 보조자로서이거나, 사회적 성공을 확인하는 보상으로서의 선택이 자주 보인다. 그렇지만 오바마 부부는 서로를 '트로피', 즉 지위의 상징으로 여기지 않았다. 두 사람의 핵심은 '보상'이 아니라 '평등'이므로. 거기에 한둘을 더한다면 '존경'과 '감사'다. 모두 사랑의 영역에 어울리는 키워드들이다. 나보다 나은 아내와 나보다 나은 남편이니 내가 먼저 존경하고, 나보다 나은 아내와 나보다 나은 남편이니 나보다 먼저 잘 되었으면 하는 헌신. 누가 누구의 빛이며 누가 누구의 그림자인 상하관계·종속관계가 아니다. 이 존경과 헌신은 어느 천칭에서나 균형이다. 두 사람은 눈높이가 같은 사람들이다. 이상이 현실이 된 사람들이 '프레지던트'와 '퍼스트레이디'의 대표성을 가지고 있었기에 세계인들은 그들에 열광한 것이 아니었을까, 허상이 아니라 현실인 '진짜' 커플이 눈

앞에서 반짝였기 때문에.

앙리 루소Henri Rousseau, 1844~1910의 그림 한 장을 소개한다, 화가가 가진 장점을 고스란히 사랑으로 투영한 그림이다. 1884년에 시작한 앙데팡당 전시회는 프랑스의 살롱전을 지배하는 아카데미즘에 반대한 화가들의 의견으로 기획된 무심사 미술 전람회로서, 과거의 관념적 미학에 벗어나 창의적이고 독립적인 작품을 전시하기 위한 행사다. 1886년 8월, 튈르리 정원 가건물에서 개최한 두 번째 앙데팡당전에 루소는 이 그림을 포함해 네 점을 제출한다. 그림은 생명력이 넘쳐 새롭다느니 혹은 그림의 기초도 모른다느니 왈가왈부 논란에 올랐으나 루소는 개의치 않고 다음 전시, 다음 전시에 꾸준히 그림을 제출한다. 〈카니발 저녁〉이란 이름을 가진 이 그림은 두 남녀가 맞잡은 같은 사랑의 눈높이를 나타낸다.

밤이 깊어 고요하다. 찬 바람이 불어 이파리는 다 지고 앙상한 나뭇가지만 남았다. 저 멀리 달빛이 역광으로 비친다. 흰옷을 입은 남녀가 꼭 붙어 기대어 걷는다. 사부작사부작 낙엽 밟는 소리만 들린다. 남자와 여자는 뾰족한 모자를 쓴 광대 부부, 수많은 사람을 웃게 하려고 온 몸을 던져야 했던 카니발의 하루가 지나고 드디어 둘만의 시간이다. 고됨을 뒤로 하고 함께 돌아간다. 이른 아침에도 분명 이렇게, 함께 손을 잡고 축제의 장소로 출근했으리라. 빽빽한 검은 숲이 연인을 감싼다. 검은 밤의 나무 그림자에 반전된 하늘은 옥빛으로 밝아 꿈처럼 아련하다. 루소는 자연이 가진 원초적 생명력을 사랑했다. 그의 많은 그림에서 다양한 식물들이 겹치면서 공간을 구성한다. 루소는 식물도감을 보고 상상력을 발휘해 기묘한 자기만의 숲을 만들어냈다. 비록 초기작인 〈카니발 저녁〉에는 드러나지 않지만, 루소의 숲들은 어디에도 본 데 없이 이국적이다. 자칫 열대 밀림처럼 보일 정도로 루소의 숲은 낯선 동양을 연상시켰다.

길고 긴 서양미술사에서 가장 꾸준한 주제는 남과 여의 그림이지 않나. 최초의 연인이었던 아담과 이브로부터 시작해 성경과 신화의 수많은 연인들, 예술 작품들이 만들어낸 극적인 사연을 가진 연인들이 그림과 조각, 공예품으로 남았다. 그러나 관계의 주도권이나 사회적 권력은 대개 남자에게 있다. 대부분 작품에서 남성이 여성에게 구애하느라 고개를 숙이고 있거나, 연약한 여성이 강인한 남성의 도움을 받는 이미지다. 루소의 〈카니발 저녁〉은 남자가 애정을 갈구하는 모습이거나 여자가 남자에게 일방적인 도움을 얻는 모습이라기보다 같은 땅 위에 두 사람이 손을 잡고 함께 걸어가는 모습이다. 사랑의 기쁨이나 달콤함보다 오히려 두려움이 느껴지는 이 그림을 내가 사랑하는 이유는 두 사람의 눈높이 때문이다. 두 사람의 몸은 같은 방향을 바라보고 있다. 남자는 고개를 돌려 여자를 본다, 여자 역시 마찬가지다. 진실로 같은 눈높이에 팔짱을 낀 남자와 여자는 안정감을 느낀다. 화가는 섬세한 하얀 필치로 두 사람을 강조한다. 이 어두운 숲속에 두 사람이 신비한 빛을 발산하는 양, 둘은 함께 있어 빛난다. 같은 땅 위에서 같은 높이로 빛을 밝힌다. 감정과 능력의 균형이 잘 맞아떨어진 커플이다. 이러한 균형은 이상적인 연인의 가장 중요한 요건이지 않은가. 상대적으로 어두운 두 사람의 피부 빛이 우리가 잘 아는 바로 그 남편과 아내를 연상시킨다.

버락 오바마 전 대통령은 8년 임기를 마치고 퇴임할 당시 58%라는, 역대 퇴임 대통령 최고의 지지율을 얻었다. 한편 파트너 미셸 오바마는 68%의 호감도를 얻어 역대 최고의 인기 퍼스트레이디라는 기록을 남겼다(물론 그녀는 'First lady'보다는

'The first spouse'로 기록되고 싶었을 것이다). 여기 좋은 모델이 있다. 이렇게 같은 눈높이에서 지성과 감성의 균형을 맞출 수 있는 배우자를 만나는 일이 행운이라는 것을, 버락 오바마와 미셸 오바마의 파트너십을 보면서 한 번 더 실감하게 되는 것이다.

5

객관식 중에
제일은 결혼

.

"배우자를 선택하는 일은 인생에 정답을 선택하는 일과 같지 않을까.
나는 청첩을 건네는 커플들에게 말해 준다. 객관식 중에 제일은 결혼이라고.
엄청난 숫자 중에 단 하나를 선택하는 어려운 객관식.
결혼의 감격은 서로가 서로를 정답으로 선택하는 데 있다.
얼마나 훌륭한 답을 선택했는지 일생을 들여 증명하는 보람은 덤이다."

에드먼드 레이턴, 〈결혼 서약〉, 캔버스에 유채, 91.4×118.5cm, 1920, 브리스톨 시립 미술관

명실공히 마흔은 절정 이후, 겸손해야 하는 생의 후반전이다. 칼 융은 마흔을 생의 분기점으로 명명하며, 마흔 이전의 삶과 마흔 이후의 삶은 다른 목적을 가지고 살아야 한다고 말했다. 마흔 전에는 다양한 페르소나를 경험하며 각각의 페르소나를 꽃피워야 하지만, 마흔부터는 그간 만들어온 삶을 자아가 통합하고 컨트롤해야 한다는. 융의 이야기를 빌리거나 빌리지 않거나 마흔부터는 이전에 이루어온 삶으로 산다. 이 삶이 달라져 봐야 얼마나 크게 달라질까. 앞으로 얼마만큼 어떻게 일하고 어떻게 건강을 관리하고 대출을 어떻게 갚고 업무를 어떻게 하고 직장은 언제까지 다니고 어떻게 은퇴하게 될지 큰 그림이 보인다. 결혼 정도의 빅 이벤트가 없다면!

빅토리아 시대 영국 화가 에드먼드 레이턴Edmund Blair Leigh-ton, 1852~1922의 〈결혼 서약〉은 갓 결혼한 신부가 신과 하객 앞에서 법적으로도 결속된 부부가 되겠다고 서명하는 장면이다. 신부는 하얀 장갑을 벗고 섬세한 손끝으로 서약서에 자기 이름을 쓴다. 볼이 붉은 젊은 남편은 감격스러운 듯 신부의 펜 끝을 바라본다. 이제 두 사람은 세상이 인정하는 부부가 되었다. 혼인 서약서에 올리는 남자와 여자의 이름은 일상의 글자가 아니다. 이제 서명 전으로 돌아갈 수 없다. 끝날까지 함께 살겠다고 결정한, 무를 수 없는 책임이 담긴 이름이다.

명리학命理學에서는 자기 결정으로 운명을 바꾸는 방법 몇 가지를 제안한다. 아주 먼 곳으로 이사해 환경을 바꾸는 법, 운의 흐름에 꼭 필요한 기운을 넣어 이름을 바꾸는 법 등이 있으나 그중에서 가장 파격적인 방법은 '배우자와의 만남'이라고 한다. 함께 사는 사람이 달라질 때 그의 운명은 빠르고 놀랍게 변화한다고. 타고난 생시는 바꿀 수 없고, 혈연으로 이어진 부모와 형제는 어찌할 수 없으나, 배우자만은 새로운 운명을 여는 만남의 기회로 선택할 수 있다는 것이다. 하다못해 내가 아무리 배우자 복이 없어도 배우자 복을 타고난 상대방을 만나면 개운開運한다고 한다.

결혼은 굳이 야심차게 도전하지 않아도 될 만한 고난도의 시험이다. 자녀 한 명당 대학 졸업까지 3억은 족히 든다는 고비용에 질려 딩크DINK; Double Income, No Kids를 추구하는 시대, 사오정 오륙도는커녕 삼팔선이라 부르는 조기 은퇴의 공포에 시달리는 시대다. 이 한 몸 생존조차 두려워 굳이 결혼하려는 용기를 내지 않는다. 굳이 결혼할 필요가 없는 시대에 동거를 추구하는 이들이 많아졌다. 일회성 만남으로 쉽게 만났다 헤어질 수 있는 시대에 기회비용이 엄청난 결혼을 할 필요가 없다. 결혼이 아니어도 재미있는 일들이 너무나 많은, 해야 할 일이 너무나 많은 시대다. 그럼에도 불구하고 우리는 왜 이다지도 결혼이 하고 싶을까?

배우자를 선택하는 일은 인생에 정답을 선택하는 일과 같지 않을까. 나는 청첩請牒을 건네는 커플들에게 말해 준다. 객관식 중에 제일은 결혼이라고. 엄청난 숫자 중에 단 하나를 선택하는 어려운 객관식. 결혼의 감격은 서로가 서로를 정답으로 선택하는 데 있다. 얼마나 훌륭한 답을 선택했는지 일생을 들여 증명하는 보람은 덤이다.

고백하건대 유튜브의 홍수 가운데 스치듯 지나친 일본 광고 하나에 내 콧날은 시큰해졌다. 환상이지만 기꺼이 속고 싶은 꿈의 카피 때문이다.

> "결혼하지 않아도 행복해질 수 있는 이런 시대에 나는… 당신과 결혼하고 싶어요. (結婚しなくても幸せになれるこの時代に私は… あなたと結婚したいのです。)"
>
> _일본 결혼정보잡지 〈젝시ゼクシィ〉의 CM

속아도 꿈결이다. 이 시험의 지옥은.

6

그녀의 결혼 조건
첫 번째

"일생을 두고 지금과 같이 나를 사랑해 주시오."

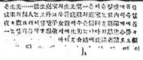

나혜석, 〈김일엽 선생의 가정생활〉, 삽화 인쇄물, 1920, 〈신여자(新女子)〉 4, (1920. 6.)

페미니즘의 열기가 한창이었던 대한민국의 2018년, 국립현대미술관 덕수궁관에서 〈신여성 도착하다〉 전시를 감상했다. '레트로'와 '뉴트로' 같은 복고풍이 대유행하던 시기이기에 '경성 패션'의 주인공이던 신여성은 호기심의 대상이었다. 수많은 여성들, 특히 젊은 여성들이 덕수궁을 메웠다. 각자가 자신의 '신여성' 모델을 찾기 위해 촉수를 세웠다. 나라고 뭐 그리 달랐을까.

1920년대, 일제 강점기에 등장한 '신여성新女性' 집단은 자의식을 가진 여성들이었다. 처음에는 남성의 권리를 그대로 인정한 채 여성의 권리를 요구했으나, 곧이어 여성이 착취당하는 현실은 남성의 가부장 권력 때문이라고 주창하며 가부장 권력에 도전했다. 성에 대한 자기결정권도 이야기했다. 여성해방을 소리 높여 외치는 정월晶月 나혜석과 일엽一葉 김원주 등이 그들이었으며, 김일엽은 잡지 〈신여자新女子〉를 창간하여 이 시대에 꼭 필요한 (이상적인) 여성의 삶을 이야기하곤 했다.

'신여성 도착하다'의 첫 번째 전시장에 걸렸던 나혜석羅蕙錫. 1896~1948의 작품, 〈김일엽 선생의 가정생활〉은 바로 그 〈신여자〉에 실렸던 삽화다. 1918년에 결혼해서 열렬하게 사랑하고 치열하게 일했던 편집장의 삶을 적나라하게 보여 주는 그림이다. 이 이미지는 욕망과 자아를 가진, 거기에 가정까지 가진 여성이 일상을 지키는 일이 얼마나 어려운지를 기록한 우리나라 최초의 그림이리라.

이 짧은 밤에도 열두 시까지 독서
(중략)
손으로 바느질, 머리로는 신여성 잘 살릴 생각
밤새 궁구窮究하여 새벽 정신에 원고를 쓰고

김일엽은 밤 늦게까지 책을 읽고, 식사를 준비하는 동안에도 시상을 떠올렸고, 옷을 매만지는 와중에도 사업 생각을 한다. 마감이 가까우면 밤새 연구하여 원고를 쓰기도 한다. 나혜석이라고 뭐 그리 달랐겠는가. 낮에는 미술 교사를 하면서 생계를 유지하고, 밤에는 글을 써서 자기 생각을 세상에 밝혔다. 〈신여자〉에 실을 그림도 그렸다. 몸과 마음을 다해 사랑하는 일도 잊지 않았다.

1920년, 결혼을 결심한 나혜석은 김우영에게 결혼의 조건을 제시했다.

첫째, 일생을 두고 지금과 같이 나를 사랑해 주시오.
둘째, 그림 그리는 것을 방해하지 말아 주시오.
셋째, 시어머니와 전처 딸과는 별거하게 하여 주시오.

나혜석의 결혼 조건을 보고도 울컥, 뜨거운 것이 올라왔다. 저 집안 좋고 능력 있고 커리어에 욕심 많고 남자에게 당돌한, 시대를 앞서가는 신여성조차도 가장 최우선으로 삼았던 결혼 조건은 '변치 않는 사랑'이 우선이었다. 자아를 사랑하고 자기의 욕망을 인식하며 사회에 기여하기를 바라는, 무엇보다 세상에서 당당히 자립하기를 원하는, 남성에게 자기 인생을 의탁하지 않으려고 했던 여자도, 본인의 목숨처럼 걸었던 커리어보다 사랑을 최우선의 약속으로 걸지 않았던가. 나는 나 자신으로 사는 강한 여자라고, 무엇보다 자아가 우선이라고, 어디에도 매이지 않는 자유연애를 할 것이라고, 사랑 따위 지금 아니라도 언제든, 얼마든 할 수 있다고 눈앞에 어른거리는 사랑을 부정하고 또 부정해도, 막상 내 앞에 선 사랑 앞에서는 그저 변치 말아달라고 간절히 바라며 덧없는 약속을 구하는 연약한 한 인간이었을 뿐이다.

사랑이란 허상임을 알면서도 포기할 수 없는 절대 가치인가 보다, 언젠가 사라질 줄 알지만 영원하다고 애써 믿지 않으면 견딜 수 없는. 솔직한 불도저 같은 여자도, 솔직하지 못한 탱크 같은 남자도 실은 우선순위에서 끝내 내려놓지 못하는 그런 가치. 솔직하거나 솔직하지 않거나 우리는 사실 사랑에, 가능한 영원히 목숨을 걸고 싶을 테다.

7

우리는 아무 손이나
잡지 않는다

"한 번뿐인 생에 있어 내 손을 내밀고,
내가 손을 꼭 쥐고 놓지 않을 사람은,
꼭 나만큼의 인격을 지닌 나만큼의 사람이다."

포드 매독스 브라운, 〈영국에서의 마지막〉, 패널에 유채, 82.5× 75cm, 1852/1855, 버밍엄 미술관.

세상에 사랑할 대상이 꼭 남자와 여자는 아니지만, 사랑을 간절히 바라는 남자와 여자가 서로를 비난하며 미워하는 것을 볼 때면 뭔지 모를 불편함이 가득 찬다. 오래전부터 결혼은 '시장'이란 단어와 결부되어 불렸다. 선 시장의 마담뚜뿐 아니라 결혼정보회사의 매니저에게 높은 수수료를 주고, 더 값나가는 상대와 연결하는 '혼테크'를 한다는 사람들 이야기가 우리에게는 참 낯설지 않았다. 그중에도 '적어도 우리는 그러지 않았으면' 하는 마음에 이익보다는 인간다운 애정을 기반으로 관계를 맺기를 소망하는 사람들이 항상 있었다. '나만큼은 꼭 그렇게 살고 싶다'고 다짐하는 사람들이 있었다.

그러나 우리의 소망과는 다르게 귀에 들리고 눈에 보이는 모습은 그리 희망적이지 않아 보인다. 점점 실망스러운 모습이 쌓인다. 남자는 여자가 자신의 내면이 아니라 직업과 재력을 보았다고 하고, 여자는 남자가 자신의 내면이 아니라 외모만 보았다고 한다. 아웅다웅 서로를 '싸잡아' 비난한다. 입에 올리기조차 역겨운 단어들을 엮어 결혼한 남녀관계를 '○○○론'이라 하며 비하하고 비웃는 모습에 숨이 턱턱 막힌다. 여자가 남자를 속였다고 하고, 남자가 여자를 착취한다고 한다. 서로에게 단 하나도 손해 보지 않으려 악을 쓰는 저 모습이 끔찍하다. 그런 사람들 곁에 가까이 가고 싶지 않다.

포드 매독스 브라운Ford Madox Brown, 1821~1893의 〈영국에서의 마지막〉은 인생의 역경을 함께하는 커플의 파트너십을 보여 준다. 타원형 패널 위에 섬세한 세필의 유화로 그린 이 그림은, 디테일을 따라갈수록 알알이 맺힌 부부의 이야기를 읽을 수 있다. 이 작품은 영국에서 호주로 삶의 터전을 옮기는 젊은 부부를 주인공으로 한 작품이다. 서민의 삶이 피폐했던 1850년경의 영국에서는 호주로 떠나는 사람이 많았다. 오랫동안 뿌리박아 왔던 삶의 터전을 뒤로하고 다시는 돌아오지 않을 것처럼 떠나야 하니 참 낯설고 두려웁다.

이 그림의 압도적인 부분은 부부가 꼭 잡은 손의 긴장감이다. 남자와 여자는 바닷바람에 얼어 빨갛게 된 손을 꼭 힘주어 잡으며 서로 힘이 되어 줄 것을 다짐한다. 바람을 막으려 우산을 잡은 남편의 왼손은 외투 안에 있지만, 차가운 오른손은 아내와 이어져 있다. 낡은 가죽 장갑을 낀 아내의 오른손이 남편의 손을 꽉 부여잡는다. 아내의 왼손이 두툼한 숄 안에서 갓난아기의 손을 꽉 잡은 걸 보면 장갑은 분명 한 쪽뿐이리라. 남편과 아내의 두 손은 가족을 위해 최선을 다하고 있다.

역시 생활고에 고민하다가 이민을 심각하게 고려했던 포드 매독스 브라운은 자신과 아내를 이 담대한 그림의 모델로 사용했다. 그림에 고인 남자와 여자의 눈빛에는 슬픔과 긴장감과 허탈함 그리고 새 삶에 대한 희망이 있다. 화가 역시 본인이 바라고 원했던 삶을 세필로 한 터치 한 터치 치밀하게 그리며 그림에 담았을 것이다. 본인이 가장 원했을 꼭 맞잡은 두 개의 손을 심혈을 다해 연결했을 것이다.

사람과 사람이 관계를 맺는 데 완벽한 '반반'은 있을 수 없다. 친구나 동료 사이에서도 더 많이 연락하는 사람, 더 많이 돈을 쓰는 사람, 더 많이 봉사하는 사람이 있을 수밖에 없다. 하물며 인생을 함께하는 부부 사이라면 어떠할까. 물리적인 관계는 '반반'으로 충족할 수 없지만, 인격의 관계는 '반반'을 넘어서 충만할 수 있다. 이 더럽고 치사한 세상에서 워킹맘도 워킹대디도 각각 지랄 맞게 힘들다. 나와 결혼해 열심히 사는 남편이 안쓰러워서, 나와 결혼해 고생하는 아내가 고마워서 내가 조금 더 고단하려는 선택이 서로의 어려움을 덮는다. 저 사람이 나를 하찮게 여기고 어려움을 외면한다는 서운함이 생기면 관계가 망가지기 시작하는 거다. 그런데 부부 중 누군가가 누군가에게 기생하고 누군가를 착취한다는 '○○○론'이 공공연하게 확산되다니! 단언컨대 그런 생각에 적극 동의하거나 전파하는 사람은 본인이 간절히 소망하는 헌신적인 배우자를 결코 만날 수 없다. 인간이란 영물靈物이 얼마나 민감한지, 아름다운 이는 불쾌한 이의 기운을 저 멀리서도 감지하고 도망치는 법이다.

우리는 아무 손이나 잡지 않는다. 한 번뿐인 생에 있어 내 손을 내밀고, 내가 손을 꼭 쥐고 놓지 않을 사람은, 꼭 나만큼의 인격을 지닌 나만큼의 사람이다. 정녕, 우리는 아무 손이나 잡지 않는다.

8

하루의 마지막에
내가 돌아가 쉴 곳

"하루의 마지막에 돌아갈 곳"

한스 아돌프 뷜러, 〈귀향〉, 캔버스에 유채, 크기 미상, 1936~1940, 뮌헨 독일 예술의 전당

한 남자가 축 늘어져 있다. 딱 보기에도 몸의 진액이 쪼그라들어 말라붙은, 움직일 체력도 의지도 전혀 없는, 모든 힘을 말끔히 소진한 남자. 군인의 옷차림을 하고 헬멧을 벗어버리고 배낭을 놓아 버린 채 넋을 잃었다. 그러나 너무나 편안한 표정이다. 천사처럼 흰옷을 입은 여자는 성모 마리아의 눈빛으로 자애롭게 남자를 바라본다. 안타까움이 밴 애처로운 손, 남자의 머리를 부드럽게 쓰다듬으려 조심스레 손을 내민다. 손끝에 머문 애정이 따뜻하고 섬세하다. 그리고 너무나 애틋한 표정이다. 여자의 부드러운 무릎에 무거운 머리를 기대면 안심할 수 있고, 얼굴을 묻으면 남자는 모든 시름을 잊을 수 있다. 사실 〈귀향〉은 나치 예술이다. 한스 아돌프 빌러Hans Adolf

Bühler, 1877~1951는 저명한 나치의 추종자였고, 이 그림은 그가 나치의 미술 잡지 《Das Bild(그림)》의 수석 편집자로 있을 때 그려진 것으로 당연히 프로파간다propaganda, 선전·선동로 볼 수밖에 없는 그림이지만, 그림이 주는 감동은 정치색을 벗기지 않고도 충분하다.

이건 열정과는 머나먼 이야기, 그 옛날 틀에 박힌 남자와 여자의 이야기도 아니다. 남자 여자 누구나 세상의 전쟁터에 투신해 자기 자리를 확보하고 유지하기 위해 전투하고 노력하는 시대가 왔으므로. 누구나 '나인 투 식스'의 돈벌이를 마치면 가면을 벗을 수 있는 집으로 들어간다. 세상의 전쟁터에서 종일 자기를 방어하고 자기 밖의 것과 싸우느라 무장한 갑옷을 벗고 안식으로 들어갈 수 있는 장소. 나는 이 그림이 꼭 '결혼의 둥지' 같다.

나는 결혼에 대해 그 어떤 로맨틱한 로망 같은 게 없다. 아름답게 인테리어된 집, 호사스러운 저녁상과 붉고 달콤한 와인 한 잔, 꽃잎이 둥둥 떠다니는 욕조 같은 건 순간의 상상으로도 해 본 적이 없다. 대신 내가 생각하는 결혼 이후의 모양은 소박한 둥지 그 자체다. 아침에 먹이를 구하려 힘겹게 파닥파

닥 날아갔다가, 하루 일정을 마치고 돌아오는 나의, 아니 우리의 둥지 하나. 저녁 늦게 돌아와서 지친 몸으로 한참 쓰러져 있다가 기운을 차려 일어나는 소파가 있는 장소. 테이블보 위 유리를 얹은 평범한 식탁에 마트에서 사 온 떨이 반찬을 진열하고 볶은 김치와 조미김, 달걀 프라이 하나를 올리는 소박한 밥상이 있는 장소. 밤 산책 겸 편의점까지 함께 걸어가 골라 온 차가운 맥주를 냉장고에서 꺼내 함께 한 잔 하는 소파가 있는 장소. 귀찮기 그지없는 양치를 하고 로션을 바른 후 쓰러지듯 눕는 퀸 사이즈 침대가 있는 그 장소가 내가 아는 둥지다.

결혼을 앞둔 누군가에게 말한 적이 있다. "연애는 하루에 한순간이라도 제대로 굳게 연결되어 있으면 되고, 결혼은 하루에 한순간, 같은 장소에서 연결되면 된다고 생각하는데, 저는 그게 저녁 식사를 함께 하는 일이라고 생각해요. 혼자이며 함께하는 삶, 이 균형감이 맞아야 결혼해서 잘 사는 게 아닐까요."

언제부터일까, 자기주장을 못 하던 개인주의자個人主義者가 얼굴을 내밀고 조금씩 자기 존재를 알리기 시작했다. 다른 사람에게 영향받지 않고 혼자 독립적으로 잘 사는 사람들 말이다.

일을 간신히 파하고 종일 고대하던 자기의 둥지에 들어와서 가면을 벗는 것이 내가 아는 한 인간의 '자기다운' 삶이라면, 같은 둥지로 돌아와 자기 얼굴을 드러내는 두 개의 삶이 함께하는 일이 왜 달리 '자기답지' 못하겠는가. 치장과 상상을 벗기고, 그저 현실을 사는 것. 우리가 원하는 것은 그것이 아닌가. 개인주의자라고 다 같은 개인주의자가 아니다. 하루의 마지막에 돌아갈 곳이, 나 자신으로 안식할 곳이 있는 사람은 밝은 낮에 얼마나 든든할까. 치장과 상상을 벗기고 현실을 그저 사는 것, 우리가 원하는 삶은 그것이 아닌가. 나에게는 돌아가 얼굴을 묻을 수 있는 둥지가 있다며 자랑하는, 이 정도면 성공한 인생이라고 말하는 누군가를 우리는, 그 누구라도 티 없이 질투하지 아니할 수 없을 테다.

9

...때
내 곁에 있어 줘

"이제 나는 마지막까지 외로워도 괜찮다.
너를 마지막까지 외롭게 하지 않을 테니."

에트루리아 유물, 〈부부석관〉, 테라코타, 1.14m×1.9 m, 530-510 BC, 국립 에트루리아 박물관

아는 오빠 J는 새해가 되면 교회에 12월 결혼식 장소 신청을 했다. 올해는 꼭 결혼하겠다는 의지의 표현이라고 했다 (한 3년 그러다가 결국 진짜로 결혼했다!). D 오빠와 J 언니는 인터넷쇼핑으로 양복과 드레스를 사서 검소한 결혼식을 했고, 매년 결혼기념일마다 그 옷을 입고 기념사진을 찍는다. A 오빠는 야외에서 전통 혼례를 하고 싶어 하고, Y는 명품 드레스를 입는 게 로망이라며 멋쩍게 웃는다. 남녀 불구하고 생의 사명 (혹은 본능)을 받들어 가장 멋진 파트너를 세상에 선보이는 자리인지라, 어느 정도의 계획(혹은 환상)은 있어 보인다. 결혼은 사람의 마음을 부풀게 한다. 결혼이 사랑의 완성은 아니지만, 사랑을 오래 하면 완성에 가까워질 것이라고 느낀다.

결혼을 왜 하고 싶어 하는가, 결혼한다고 사랑이 영원할 수 있는 것도 아닌데. 결혼은 되돌리기도 힘든 법적·경제적·사회적 구속인데 꼭 결혼해야만 같이 살 수 있는 것은 아니지 않은가. 요즘 같은 세상에 쉽게 같이 살면 되지 뭐 하러 세상 사람들 앞에서 그런 거창한 예식을 치러야 하는가. 나중에 애정이 식으면 어떡하려고. 일단 결혼하면 쿨하게 헤어지지도 못한다. 아무리 아니라 해도 구속이다. 돈도 엄청 많이 든다. 합리주의자들의 주장에 선뜻 반박할 수 있는 사람들은 별로 없을 것이다. 나 역시 그들의 이야기에 입을 닫는다. 다만 사랑은 가장 비합리적인 감정이다. 진지한 관계에는 책임감이 따르고, 책임은 관계를 더 견고하게 한다. 그리고 관계는 가꾸어 가는 것이다. 지금 현재, 무엇보다, 그 무엇보다, 이 무겁고 부담스러운 '결혼'보다 이 사랑을 확장할 수 있는 현실적인 행동은 없다. 영원한 건 없다는 것을 알 만한 사람들이 영원을 약속하는, 적어도 영원에 가깝게 함께 가 보겠다고 결심하는 일의 가치는 수치화할 수 없다는 것을 말하고 싶다.

수많은 예술 작품을 보았지만 〈결혼〉이란 제목을 가진 작품과 〈부부〉라는 제목을 가진 작품은 결 자체가 다르다. 보통

'결혼' 그림에는 일단 사람이 많다. 부부가 인연을 맺는 순간, 축하하러 온 엄청난 하객들이 화면을 꽉 채운다. 새신랑, 신부의 옷도 수려하다. '일생에 한 번' 주인공이 되는 날이므로 화려한 치장을 하고 치렁치렁한 웨딩드레스를 입는다. 신랑도 신부도 젊고 예쁘다. 가장 아름다운 시절, 가장 아름다운 사랑의 순간을 찰칵, 박제하는 순간이 우리가 아는 '결혼' 아니, '결혼식'이다. 그러나 결혼 첫날 이후 삶을 구성하는 '부부'의 그림은 보통 둘만이 있다. 화려한 치장과 함께하는 들러리가 없다. 함께 험한 세상을 살아가는 파트너, 전쟁같은 시절 가운데 시답잖은 농담을 던지며 생의 원동력을 찾는다. 부부는 생사고락生死苦樂을 함께 하는 전우戰友 그 자체다.

고대 에트루리아 유물, 〈부부석관夫婦石棺〉을 보았을 때 나는 바로 그 사랑을 몸으로 알게 되었다. 내가 경험하지 못했고 경험하지 못할 수도 있는 사랑을. 두 사람의 시작이 아니라 마지막을 장식하는 사랑이 바로 이 작품이다. 에트루리아인들은 뛰어난 손재주로 찰흙을 빚었다. 고운 흙을 반죽해 사람의 형상을 빚고 뜨거운 가마에 넣어 단단하게 만들었다. 마르면 바스라질 수도 있는 찰흙을 고온에 한 번 구워 보존할 수 있게 만든 테라코타Terracotta는 〈부부석관〉과 같은 사랑의 그릇으로도 쓰였다. 에트루리아인이 천착했던 인간과 인간 사이의 친밀함이 이 작품에서도 드러난다. 그들이 좋아했던 특유의 웃음이 죽음을 맞은 두 사람 사이의 기쁨과 유대를 강조한다. 유해를 담는 그릇에 이토록 애정이 넘친다. 너는 먼저 나를 떠났지만 나는 이윽고 너를 만날 것이므로. 지금은 네가 먼저 갔지만 이제는 네가 나를 기다린다. 너를 보내는 길이 나는 슬프지만은 않다.

부부에게 사망은 두려움과 소멸의 대상이 아니다. 주름살 가득하고 볼품없는 얼굴이 아닌, 늙어 무너져 내린 몸이 아닌 생기 있는 젊은 날의 몸으로 돌아갔다. 결혼례結婚禮의 그날처럼 장례葬禮의 날도 축제다. 오래된 많은 문명들과 다르게 에트루리아에서는 여성의 권리와 존엄이 크게 존중되었다. 파트너십을 갖는 생의 시험이 끝났으니 이제 둘은 영원하다. 함께 와인을 마실 준비를 하고 있다.

〈부부석관〉은 너무나 부드럽고 유려하여 보는 이에게 '늙음'과 '죽음'을 잊게 한다. 잊으면 안 된다. 근본은 죽음이다. 이를 상기할 때, 나는 나 자신을 저 관 앞에 세우지 아니할 수가 없다. 결혼에 대해 확고한 나의 로망이라면 오직 하나, 죽음에 이르는 마지막 순간에 있을 것이다.

> – 내가 죽을 때 옆에 있어줘야 해!
> – 그래, 내 사랑,
> 네가 죽을 때 내 옆에 있어줘!
> _황인숙, 〈약속〉,《못다 한 사랑이 너무 많아서》, 문학과지성사, 2016

나는 내가 죽을 때 가장 소중한 사람의 얼굴을 바라보면서 가고 싶다. 오랫동안 그렇게 생각해 왔다. 그러나 어느 순간, 사랑을 주는 것보다 받는 것을 더 바라는 내 모습을 발견하고 흠칫 놀랐다. 아, 이건 이기적인 소망이었구나. 그렇구나. 나는 '둘의 무대'에서도 받을 생각만 하는 사람이었구나. 그래서 내 소망의 얼굴을 거울 앞에 세워 돌려 앉힌다.

운이 좋아 내가 설마 결혼을 하게 된다면, 그리고 늙고 병든 날까지 담백한 일상을 살다가 기회가 온다면 그 사람의 임종을 꼭 지키고 싶다. 정성스레 화장하고 머리부터 발끝까지 가장 좋은 옷으로 곱게 차려입고 그 사람의 눈을 바라보면서 손을 꼭 잡고 싶다. 할 수 있는 가장 좋은 모습으로 그 사람의 마지막을 지켜보고 싶다. 내가 그에게도 가장 소중한 사람이었기를 바라면서. 마지막만큼은 그에게 그렇게 남고 싶다. 그 사람의 시야에 남는 마지막 모습이 나이기를 바란다. 그 사람이 듣는 마지막 목소리가 내 소리이기를 바란다. 그 사람이 맡는 마지막 냄새가 내 체취이기를 바란다. 그 사람이 느끼는 마지막 온기가 내 체온이기를 바란다. 숨이 멎은 이후에도 오랫동안 그의 곁을 지키고 싶다.

5성 호텔 결혼식도, 하와이 신혼여행도, 값비싼 명품 다이아몬드 반지나 드레스도 현실 개념 없는 나를 설레게 하지 못한다. 황인숙의 시, 〈약속〉만이 나를 설레게 한다. 검은 머리 파뿌리 되도록 함께 사는 것도 물론 꽤 좋겠지만, 나는 그 정도로 만족하지 못한다. 이제 나는 마지막까지 외로워도 괜찮다, 너를 마지막까지 외롭게 하지 않을 테니.

살기 위해서, 잘 살기 위해서

어떤 화가를 좋아하냐는 질문에 저는 한두 명의 화가 이름을 대지 못합니다. 화가마다 갖고 있는 재주와 품성, 그리고 삶이 모두 다르고 훌륭하니까요. 고요한 우아함에 있어서는 페르메이르를, 힘과 강인함에 있어서는 콜비츠를, 슬픔에 있어서는 그웬 존을, 필력에 있어서는 조희룡 등을 이야기하곤 합니다. 그러나 긴 삶과 애정의 영역에 있어서는 단연 아나 앙케르Anna Ancher, 1859~1935일 것입니다. 〈하루의 작업 평가〉를 보세요. 그림의 주인공은 부부 화가였던 아내 아나 앙케르와 남편 미카엘 앙케르Michael Ancher, 1849~1927입니다. 이 그림은 아나가 그렸다고도 하고 미카엘이 그렸다고도 합니다. 누가 그렸으면 어떠한가요. 그림의 내용이 중요하지요. 이미 까맣게 어두워진 시간, 당일 그린 작품을 바라보면서 그림의 훌륭한 부분과 개선할 방향을 이야기 나누는 프로페셔널한 남자와 여

아나 앙케르와 미카엘 앙케르, 〈하루의 작업 평가〉, 1883, 캔버스에 유채,
103×85.5cm, 스카겐 미술관

자가요. 남편의 모습은 진지하고 아내의 모습은 익숙합니다. 이 저녁 수다는 매일 당연한 일이자 당연한 사랑의 표현이라는 말입니다.

덴마크의 어촌마을 스카겐에는 아나의 부모가 운영하던 호텔이 유일했는데, 여름만 되면 화가들이 모여서 그림을 그리고 미술 이야기를 했습니다. 그들 중에 미카엘 앙케르도 있었습니다. 아나는 자연스럽게 그들에게서 그림을 배우게 됩니다. 나중에는 코펜하겐까지 가서 공부하게 되었고요. 여성이 미술교육은커녕 보편교육을 받기도 힘들었던 시대, 아나가 공부할 수 있었던 것은 어머니의 지원과 격려 덕분이었습니다. 남편이 된 미카엘도 마찬가지, 두 사람이 부부의 연을 맺은 1880년, 아내는 매년 열리는 살로텐보르그 국전을 통해 데뷔했습니다. 앙케르 부부가 평생 담백하게 작업하던 작업실은 기념 미술관이 되었고, 두 사람의 얼굴은 나란히 지폐에 기록되었습니다. 기혼 여성은 가사에 전념해야 한다는 관념이 말뿐이 아니라 실제 압박이던 시절, 미카엘 앙케르는 아내의 재능을 인정하고 세상에 알리려고 노력했습니다. 아내가 잘 되기를 바라는 마음입니다. 참 잘 맞는 두 사람입니다.

만 명의 사람에게는 만 개의 사랑이 있습니다. "사랑의 스펙트럼은 너무 넓어서, 그 모든 것을 뭉뚱그려 '사랑'이라 말하기에는 각자의 사랑이 너무 다른 색"입니다. 누구라도 자신의 사랑을 시작하여 빚고 언젠가는 완성해야 하는 숙명이 있습니다. "자기 사랑이 어느 위치에 있는지 파악부터 하고, 나와 최대한 비슷한 위치에 있는 사람을 알아보는 어려운 일." 이것이 만 번을 헤어져서라도 내게 꼭 맞는 사람을 찾아내는 일입니다.

주제넘게도 사랑 운운하며 책 한 권을 곱게 꿰매고 마지막 실밥을 정리합니다. 이제 속지에 '삶'이라는 글자를 수놓을 차례입니다. 그간 다섯 권가량의 책을 세상에 내놓으면서 가장 표현하고자 했던 것은 '현실적인 너무도 현실적인' 삶이었습니다.

에이브러햄 매슬로우는 이 현실의 삶에서 우리가 간절히 바라는 욕구를 중요도별로 분석했습니다. 본능을 충족하는 생리적 욕구, 안전과 안정의 욕구를 충족한 후에야 상위 욕구, 즉 소속감 및 애정의 욕구, 존중의 욕구, 자아실현의 욕구를 갈망하고 채울 수 있다고요. 삶을 유지할 수만 있다면 애정의 욕구를 발현하는 것이 인간입니다. 그래야 더 나은 삶이 되는 것입니다.

사람들은 이 욕구가 얼마나 무서운지를 쉽게 간과합니다. 애정의 욕구를 외면하고 자아실현을 먼저 하려고 발버둥 칩니다. 제아무리 돈을 많이 벌고 똑똑해지고 명예를 얻어 사회에서 존중받고 자아실현을 한다 해도, 사랑하고 사랑받지 못하면 허망하고 배고플 수밖에 없는 것이 인간입니다. 에밀 아자르의 《자기 앞의 생》에서 모모가 하밀 할아버지에게 물었습니다. "사람이 사랑 없이도 살 수 있나요?" 할아버지는 고개를 숙이며 대답했습니다. "살 수 있지, 슬프지만." 모모의 울음이 터져 나온 이 대답에 보충하고 싶습니다. 슬프지만 간신히 살지 않기 위하여 사람에게는 사랑이 필요합니다. 진실로 잘 살기 위해서요.

사랑은 누구나 할 수 있지만, 누구나 온전하게 할 수는 없는 것 같습니다. 사랑만큼 디그니티^{dignity}가 중요한 영역이 없습니다. 사랑에 목적이 있어서는 안 되겠지만, 만약 목적이 있어야 한다면 모든 애정^{愛情}의 목적은 동일합니다. 나와 당신이 '잘' 사는 것, 결국은 아름답고 진실하게 사는 것 말입니다.

그저 사랑 앞에서 욕심을 내기를, 살면서 내 사랑 하나만
큼은 온전하게 해 보려고 애쓰기를 권합니다. 사랑과 아름다
움이 충만하게 잘 살기를 포기하지 맙시다. 우리는 하나하나
진실로 꼭 그래야만 합니다.

도판 목록

김환기, 〈무제〉, 코튼에 유채, 86.5×60.7cm, 1969~1973, ⓒ (재)환기재단·환기미술관

조르주 피카드(Georges Picard), 〈만개한 나무 아래에서의 로맨스(Romance under the Blossom tree)〉, 패널에 유채, 39.5×29cm, 개인 소장, ⓒ Public Domain / Wikimedia Commons

로히어르 판 데르 베이던(Rogier van der Weyden), 〈성모의 초상을 그리고 있는 성 누가(Saint Luke Drawing the Virgin)〉 패널에 유채, 137.5×110.8cm, 1435~40, 윌리엄 A. 쿨리지 갤러리, ⓒ Public Domain / Wikimedia Commons

〈성모의 초상을 그리는 성 누가 디테일(Saint Luke drawing the Virgin (detail))〉, Copy after Rogier Van der Weyden, c.1491-1510, 그뢰닝게 미술관, ⓒ Public Domain / Wikimedia Commons

마르크 샤갈(Marc Chagall), 〈연인들(Les Amoureux)〉, 캔버스에 유채, 117.3×90.5cm, 1928, 개인 소장, ⓒMarc Chagall / ADAGP, Paris - SACK, Seoul, 2022

오시프 브라즈(Osip Braz), 〈두 인형(Two Dolls)〉, 캔버스에 유채, 50×61cm, 1933, 개인 소장, ⓒ Public Domain

조제프 브누아 쉬베(Joseph Benoit Suvee), 〈회화의 기원(The Invention of the Art of Drawing)〉, 캔버스에 유채, 267×131.5cm, 1791, 그뢰닝게 미술관, ⓒ Public

Domain / Wikimedia Commons

아리 쉐퍼(Ary Scheffer), 〈단테와 베르길리우스에게 나타난 파올로와 프란체스카의 유령(The Ghosts of Paolo and Francesca Appear to Dante and Virgil)〉, 캔버스에 유채, 171×239cm, 1855, 루브르 박물관, ⓒ Public Domain / Wikimedia Commons

앙리 마르탱(Henri Martin), 〈봄의 연인, 꽃무늬 틀이 있는 버전(Amoureux Au Printemps, Version Avec Cadre Fleuri)〉, 캔버스에 유채, 92×77.2cm, 1902~1905, 개인 소장, ⓒ Public Domain

프레데릭 윌리엄 버튼(Frederic William Burton), 〈헬레릴과 힐데브란트, 터렛 계단에서의 만남(Hellelil and Hildebrand, the Meeting on the Turret Stairs)〉, 종이에 수채화와 과슈 물감, 95.5×60.8 cm, 1864, 1900년 마거릿 스톡스 기증, ⓒ Public Domain / Wikimedia Commons

알베르트 에델펠트(Albert Edelfelt), 〈파리지앵(The Parisienne)〉, 캔버스에 유채, 73×92cm, 1883, 조엔수 미술관, ⓒ Public Domain / Wikimedia Commons

파벨 페도토프(Pavel Andreevich Fedotov), 〈젊은 미망인-아이가 태어나기 전(Young Widow)〉, 캔버스에 유채, 63.4×48.3cm, 1851, 트레티야코프 미술관, ⓒ Public Domain / Wikimedia Commons

마리나 아브라모비치(Marina AbramoviĐ), 〈예술가가 여기 있다(The Artist Is Present)〉, 퍼포먼스, 2010, MoMA, ⓒ Andrew Russeth / Wikimedia Commons / CC BY-SA 2.0

지오반니 세간티니(Giovanni Segantini), 〈목가(Idylle)〉, 캔버스에 유채, 56,5×84,5cm, 1882~1883, 애버딘 미술관, ⓒ Public Domain / Wikimedia Commons

빈센트 반 고흐(Vincent Van Gogh), 〈슬픔(Sorrow)〉, 종이에 연필, 펜과 잉크, 44.5×27.0cm, 1882, The New Art Gallery Walsall, England, ⓒ Public Domain / Wikimedia Commons

구스타브 클림트(Gustav Klimt), 〈피아노 앞에서의 슈베르트(Schubert At The Piano)〉, 캔버스에 유채, 1899, 임멘도르프성 화재로 소실, ⓒ Public Domain / Wikimedia Commons

구스타브 클림트(Gustav Klimt), 〈피아노 앞에서의 슈베르트(Schubert At The Piano)〉, 캔버스에 유채, 30x39cm, 1896, 개인 소장 (대형 작품을 제작하기 전에 에스키스 (소형 스케치)로 그린 것), ⓒ Public Domain / Wikimedia Commons

에두아르 마네(Edouard Manet) 〈바이올렛 부케를 단 베르트 모리조(Berthe Morisot with a Bouquet of Violets)〉 캔버스에 유채, 55.5×40.5cm, 1872, 오르세 미술관, ⓒ Public Domain / Wikimedia Commons

디에고 리베라(Diego Rivera), 〈포옹(The Embrace)〉, 프레스코, 1923 동쪽 벽, 멕시코 교육부 노동 법원, 멕시코시티, ⓒ Kgv88 / Wikimedia Commons / CC BY-SA 3.0

하인리히 포겔러(Heinrich Vogeler), 〈그리움(Longing/Reverie)〉, 캔버스에 유채, 90×74.5cm, 1900, 개인 소장, ⓒ Public Domain / Wikimedia Commons

콘스탄틴 소모프(Konstantin Somov) 〈밤의 만남(The Rendezvous at Night)〉, 캔버스에 유채, 크기 미상, 1920년대, 뮌헨 독일 예술의 전당, ⓒ Public Domain / Wikimedia Commons

신윤복, 〈월하정인(月下情人)〉, 종이에 채색, 28.2×35.6cm, 18세기 후기, 간송미술문화재단, ⓒ Public Domain / Wikimedia Commons

에밀 놀데(Emil Nolde), 〈붉은 구름(Red Clouds)〉, 종이에 수채, 34.5×44.7cm, 1927?, 티쎈보르네미싸 미술관, Madrid, ⓒ Public Domain

윌리엄 에티(William Etty), 〈마드모아젤 라쉘의 초상(Portrait of Mlle Rachel)〉, 두꺼운 종이에 유채, 61.5×46cm, 1841~1845, 요크 뮤지엄 트러스트, ⓒ Public Domain / Wikimedia Commons

장 시메옹 샤르댕(Jean-Baptiste-Siméon Chardin), 〈유리잔과 단지(Water Glass and

Jug)〉, 캔버스에 유채, 32.5×41cm, 1760, 카네기 미술관, ⓒ Public Domain / Wikimedia Commons

앙리 루소(Henri Rousseau)), 〈축제 저녁(Carnival Evening)〉, 캔버스에 유채, 117.3× 89.5cm, 1886, 필라델피아 미술관, ⓒ Public Domain / Wikimedia Commons

에드먼드 레이턴(Edmund Blair Leighton), 〈결혼 서약(Register)〉, 캔버스에 유채, 91.4× 118.5cm, 1920, 브리스톨 시립 미술관, ⓒ Public Domain / Wikimedia Commons

나혜석, 〈김일엽 선생의 가정생활〉, 삽화 인쇄물, 1920, 《신여자(新女子)》 4, (1920. 6.), ⓒ Public Domain / Wikimedia Commons

포드 매독스 브라운(Ford Madox Brown), 〈영국에서의 마지막(The Last of England)〉, 패널에 유채, 82.5× 75cm, 1852/1855, 버밍엄 미술관, ⓒ Public Domain / Wikimedia Commons

한스 아돌프 뷜러 (Hans Adolf Bühler), 〈귀향(Homecoming/Heimkehr)〉, 캔버스에 유채, 크기 미상, 1936~1940, 뮌헨 독일 예술의 전당, ⓒ Public Domain / Wikimedia Commons

에트루리아(Etruria) 유물, 〈부부석관(Sarcophagus of the Spouses)〉, 테라코타, 1.14m× 1.9 m, 530-510 BC, 국립 에트루리아 박물관, ⓒ Sailko / Wikimedia Commons / CC BY-SA 4.0

아나 앙케르(Anna Ancher)와 미카엘 앙케르(Michael Ancher), 〈하루의 작업 평가(Appraising the Day's Work)〉, 1883, 캔버스에 유채, 103×85.5cm, 스카겐 미술관, ⓒ Public Domain / Wikimedia Commons

참고문헌

김향안, 《월하의 마음》, 환기미술관, 2005

김환기, 《어디서 무엇이 되어 다시 만나랴》, 환기미술관, 2005

니겔 코오돈, 《그림으로 그리지 못한 화가들의 사랑》, 김나영/최홍선 공역, 현재, 2001

라이너 마리아 릴케, 《보르프스베데·로댕론》, 책세상, 2000

로버트 제임스 월러, 《매디슨 카운티의 다리》, 공경희 역, 시공사, 2002

루시아 벌린, 《청소부 매뉴얼》, 공진호 역, 웅진지식하우스, 2019

미셸 오바마, 《비커밍》, 김명남 역, 웅진지식하우스, 2018

박상우, 《샤갈의 마을에 내리는 눈》, 세계사, 1991

사와치 히사에, 《화가의 아내》, 변은숙 역, 아트북스, 2006

〈서울옥션 도록 (145회)〉

스티븐 스필버그, 〈어메이징 스토리(Amazing Stories)〉, S01 E22 'The Doll'

신형철, "무정한 신 아래에서 사랑을 발명하다", 〈신형철의 격주시화(隔週詩話)〉, 한겨레, 2016.08.12

신형철, 《슬픔을 공부하는 슬픔》, 한겨레출판, 2018

아스타 샤이프, 《내가 본 가장 아름다운 것》, 박광자/이미선 공역, 솔출판사, 2011

오은, 《유에서 유》, 문학과지성사, 2016

원수연, 〈보이지 않는 인사〉, 《원수연 단편집 1》, 대원문화, 1995

이승우, 《모르는 사람들》, 문학동네, 2019

이영광, 〈사랑의 발명〉, 《나무는 간다》, 창비, 2013

이영선, 《프랑스 미술관 산책》, 시공아트, 2016

이주은, 《지금 이 순간을 기억해》, 아트북스, 2013

이충렬, 《김환기 : 어디서 무엇이 되어 다시 만나랴》, 유리창, 2013

존 버거, 《A가 X에게》, 김현우 역, 열화당, 2009

질 네레 《에두아르 마네》, 엄미정 역, 마로니에북스, 2006

천양희, 〈비 오는 날〉, 《오래된 골목》, 창비, 1998

최지향, "무심코 그린 첫사랑 27년 만에 재회… 결혼", 한국일보, 2003.05.02

하재연, 〈4월 이야기〉, 《세계의 모든 해변처럼》, 문학과지성사, 2012

황인숙, 〈약속〉, 《못다 한 사랑이 너무 많아서》, 문학과지성사, 2016

https://areena.yle.fi/1-415375

https://www.imdb.com/title/tt1612128/

우리는 사랑의 얼굴을 가졌고

초판 1쇄 발행 2022년 8월 3일
초판 2쇄 발행 2023년 3월 8일

지은이·김수정
펴낸이·박영미
펴낸곳·포르체

편 집·임혜원, 이태은
마케팅·이광연, 김태희

출판신고·2020년 7월 20일 제2020-000103호
전화·02-6083-0128 ㅣ 팩스·02-6008-0126 ㅣ 이메일·porchetogo@gmail.com
포스트·https://m.post.naver.com/porche_book
인스타그램·www.instagram.com/porche_book

ⓒ 김수정(저작권자와 맺은 특약에 따라 검인을 생략합니다)
ISBN 979-11-91393-88-0(03810)

여러분의 소중한 원고를 보내주세요.
porchetogo@gmail.com